© 2017, Jacqueline Richard

Toute reproduction, même partielle, de cet ouvrage est formellement interdite sans l'accord de l'auteur. Tous droits réservés pour tous pays.

Dépôt légal : mars 2017
ISBN : 978-2-322-14025-1

Éditeur : BoD - Books on Demand
12/14 rond-point des Champs-Élysées - 75008 Paris - France

Jacqueline Richard

L'Aube de l'innocence

recueil de nouvelles

Du même auteur :

Des mots doux à venir
Le songeur de la passerelle
Honneur aux dames

Remerciements

*Je remercie Nathalie Costes et Maud Hillard
pour leur participation à l'élaboration de ce livre.*

*Je remercie également Maud Guéry
pour la photo de la couverture.*

« Nul propos n'est indifférent adressé à l'innocence :
la candeur, ainsi que la neige,
ne reçoit rien dans son sein
qui n'y imprime une trace
ou une tache. »

John Petit-Senn

PRÉFACE

Que puis-je dire de l'innocence ? Certainement qu'elle est le fruit de l'enfance. Mais, que l'on ait vingt, trente… cinquante ou cent ans, nous désirons toujours reconquérir un paradis perdu. Parfois, en nous réfugiant dans le passé, nous essayons de retrouver le sein maternel comme pour échapper à notre sort alors qu'il nous faut avancer, malgré les aléas de la vie, malgré les injustices dont nous sommes quelquefois victimes.

La quête de l'innocence, c'est un autre choix, c'est un combat de l'esprit pour atteindre un idéal absolu. Cette recherche est une condition sine qua non à notre bonheur. Cependant, il existe tellement de moyens de nous en détourner. La soif de gloire, de pouvoir, d'argent, de « paradis artificiels » trouvés dans les addictions (nourriture, alcool, drogue, jeu, sexe) compromet toutes nos tentatives de réconciliation avec notre enfant intérieur. Et si nous sommes tous porteurs de fardeaux lourds à traîner, nous n'écoutons pas, au plus profond de nous, ce cri qui nous interpelle, qui nous implore afin que subsiste, dans nos cœurs, quelque chose qui surpasse la raison et toutes les formes d'intelligence. Ce cri, cette voix de l'innocence, nous avons trop tendance à l'étouffer sous notre prétention, notre suffisance, notre arrogance d'adultes soi-disant responsables. Nous pensons à tort, être les détenteurs de la Vérité parce que nous avons une assurance ou une autorité qui en impose. Nous vivons dans une société qui stigmatise ou méprise les fragiles, les faibles, les différents comme s'ils étaient des inconscients alors qu'ils sont les révélateurs de notre condition de simples mortels. Alors, essayons enfin de porter un regard nouveau sur les autres dans leur spécificité, leur originalité et nous découvrirons, avec étonnement, combien ils nous ressemblent et combien ils ont une valeur inestimable.

LA CAVALE DU PETIT PRINCE

— Vas-tu toujours te laisser corriger par cet imbécile ? fit Martha, exaspérée en essuyant une fois encore la joue gauche ensanglantée de son fils Karl, alors qu'il était rentré du collège.

En vain, elle lui avait prodigué de bons conseils : tout d'abord, éviter cette brute qui aimait tyranniser les plus faibles ; ensuite, se rapprocher des surveillants ; enfin, se plaindre au directeur. C'était peine perdue. Karl rentrait de l'école un peu plus amoché chaque jour et, malgré les nombreuses interventions de sa mère auprès de la direction de l'établissement, la situation ne cessait d'empirer. Karl était devenu le souffre-douleur de Freddy, une brute épaisse à l'air goguenard, mais intouchable, car fils d'un notable du canton.

Jusqu'où cela irait-il ? se demanda Martha en rangeant ses pansements dans l'armoire à pharmacie. Bien sûr, son garçon avait toujours été chétif et de constitution fragile, mais Martha avait suivi les recommandations du médecin. Même si elle avait pensé à le changer d'école, elle ne voulait pas non plus le surprotéger. Elle l'avait éduqué de façon plutôt stricte, lui imposant des cours de sport tels que le judo par exemple. Alors pourquoi ne se défendait-il pas ? Pourquoi se laissait-il faire sans répliquer ? Elle sentit monter en elle une sorte de rage mêlée d'un sentiment d'impuissance et de désespoir. Si seulement son père Mickaël était encore de ce monde, il lui viendrait en aide ! songea-t-elle avec nostalgie. Malheureusement, il avait eu un accident de montagne, lors d'une ascension dans l'Himalaya et cette perte prématurée, cinq années plus tôt, avait brisé la famille. Depuis cette disparition, Karl s'était réfugié dans un monde virtuel où sa mère ne tenait pas beaucoup de place. C'était un doux rêveur qui nourrissait les moineaux en leur parlant, personnifiait les chats et qui collait son nez aux pages du Petit Prince de Saint-Exupéry.

Un matin, Martha taillait ses rosiers devant sa maison quand sa voisine, Brigitte lui raconta à travers le grillage de séparation entre les maisons, comment elle avait surpris Karl faisant une leçon de secourisme à son chien Hector. Les deux femmes étaient pliées par un fou rire et Martha crut bon d'ajouter :
– Ce n'est pas possible ! Il ne sera jamais comme les autres !
Karl avait surpris cette conversation tandis qu'il arrosait son géranium à la fenêtre de sa chambre. Il fut terriblement blessé par ces propos et se referma encore davantage sur lui-même. À partir de ce jour, les réponses aux questions de Martha furent évasives ou composées de monosyllabes. Puis, Karl se consola très vite en étudiant l'astronomie sur l'ordinateur : la Grande Ourse n'avait presque plus de secrets pour lui.

Cependant, un soir de cafard, où le ciel était si nuageux qu'il ne laissait passer aucun rayon de lune, Karl prit la décision irrévocable de partir lorsque sa mère serait endormie. Ce mois d'avril était suffisamment clément et lui permettrait de coucher à la belle étoile, pensa-t-il en descendant le plus silencieusement possible l'escalier avec son sac à dos. Il avait emporté deux sandwichs, trois pommes pour étancher sa soif et les cinquante euros restants de son argent de poche. Quant à l'itinéraire qu'il allait parcourir, il n'en savait rien. Après tout, les grands aventuriers comme Jack London, ne partaient-ils pas comme cela, au hasard ? Karl avait aussi emporté précieusement son livre de chevet dont il ne se séparait jamais et qui faisait hausser les épaules de sa mère. Que pouvait bien comprendre une femme, à Saint-Exupéry ? se demanda-t-il. Et puis, il n'était peut-être pas le fils de Mickaël et de Martha. Sans doute, une jeune femme misérable l'aurait abandonné à la maternité…

Avant de s'en aller, il se regarda une dernière fois dans le miroir du hall d'entrée ; il ne se trouva aucune ressemblance avec Martha, si brune, si belle. Avec sa petite taille et ses traits délicats, Karl avait presque tout d'une fille. Des cheveux blonds et bouclés auréolaient un visage rond, parsemé de taches de rousseur tandis qu'un nez retroussé lui conférait un air ingénu comme s'il fût tout droit sorti d'un tableau de Raphaël. Il adressa une grimace à son reflet qu'il n'aimait pas ; il aurait tellement aimé paraître ses onze ans, au moins aux yeux d'Estelle, une collégienne de son âge qui lui plaisait particulièrement. Il éteignit la lumière et referma la porte sans regret.

Dehors, la nuit était noire, mais si paisible. Pas un souffle de vent. Pas un bruit de moteur. Comme il était agréable pour l'adolescent de marcher au grand air. Il avait l'impression d'être un funambule quand il se déplaçait le long du trottoir. Il se sentait libre. Sa maison se trouvait dans un hameau et le seul réverbère qui l'éclairait le conduisit peu à peu en dehors du village. Il habitait à La Guyonnière et se dirigeait vers Montaigu d'un pas assuré. Il n'avait jamais apprécié le bocage vendéen, il rêvait au contraire de grands espaces sans entraves, de terres inexplorées, d'immenses étendues de sable, tels ces déserts de Mauritanie où vivaient les touaregs. Partager la vie de ces nomades devait être tellement passionnant !

Karl sortit une pomme de son sac et la croqua bruyamment. Sa joue gauche le faisait un peu souffrir tandis qu'il mastiquait son fruit préféré. Mais le garçon n'avait jamais été un pleurnichard ; même sous les coups de cet abruti de Freddy, il n'avait ni poussé un cri ni versé une larme. Cela aurait été trop d'honneur, pensa-t-il en esquissant un sourire malgré la douleur.

L'adolescent longeait la route nationale et son sac lui semblait de plus en plus lourd. Il voulut faire une halte quand il sentit imperceptiblement une présence derrière lui, comme si quelqu'un cherchait à le rattraper.

Peu à peu, des pas résonnèrent sur le bitume et Karl sentit un souffle sur sa nuque. Pas un instant il ne songea à fuir ; il commença à réfléchir, sans aucune appréhension, à la manière dont il allait se débarrasser de cette présence inopportune. À aucun moment, il n'avait redouté une éventuelle agression. Depuis longtemps, Karl pensait être sous la constante protection des anges et croyait vivre dans une bulle que personne ne pouvait éclater.

Soudain, il entendit un toussotement et une voix éraillée dans son dos :

— Que fais-tu là, petite, à cette heure-ci de la nuit ? Tu devrais être chez toi à dormir, non ?

Surpris et vexé par la méprise de l'homme, Karl se retourna brusquement vers son interlocuteur. C'était une sorte de vagabond de corpulence moyenne, vêtu d'un imperméable sale, troué à plusieurs endroits. Il ne devait pas s'être rasé depuis des semaines, mais il semblait sympathique et rassurant.

— Tout d'abord, je ne suis pas une fille, répliqua le garçon sans ambages. Ensuite, qu'est-ce que ça peut bien vous faire ? Je vous en pose, moi, des questions ?

À ces mots, l'homme resta un instant pensif et fixa le gamin avec un mélange d'étonnement et de bienveillance. Jamais il n'avait rencontré un jeune garçon avec un tel aplomb. Il remarquait sous cette crinière bouclée de lionceau, un appétit de vivre et une détermination sans faille. C'était comme si Karl avait réveillé en lui des souvenirs lointains, ce temps où l'insouciance et la fantaisie faisaient bon ménage. Le garçon s'apprêta à continuer sa route ; il ajusta les bretelles de son sac à dos. Mais le vagabond voulut le retenir comme on veut garder précieusement une relique ou une perle rare. Alors, il fit un pas vers lui et se présenta :

— Je m'appelle Tristan Duval et, comme tu peux le constater, je suis un vagabond. Et toi, comment t'appelles-tu ?

— Disons que je m'appelle... réfléchit le jeune garçon en se grattant la tête, Jack, oui Jack, je trouve que cela sonne bien.

— Jack l'Éventreur ! ironisa le sans-abri. Tu te paies ma tête ?

— Si je vous dis comment je m'appelle, vous allez appeler les flics, n'est-ce pas ?

— On avisera demain. Pour l'instant, il va falloir chercher un endroit pour dormir un peu.

— OK ! fit l'adolescent, de guerre lasse, mais vous n'êtes pas mon père ! Donc, c'est moi qui fixe les règles !

Tristan fit semblant d'acquiescer et partit quelques mètres en arrière chercher son sac et ses couvertures. Karl était, quant à lui, fasciné par l'homme qui devait avoir des tas de choses à lui apprendre, sur les aventures que ce dernier avait dû vivre ; il mourait d'envie de lui poser des milliers de questions.

Il devait bien être trois heures du matin et les deux silhouettes avançaient dans la nuit, à la lumière de la lampe-torche de Tristan. Après une heure de marche, ils trouvèrent une grange qui semblait abandonnée ; elle allait être leur abri de fortune. Karl courut et poussa la porte de bois du cabanon qui grinça de façon lugubre. Le vagabond éclaira l'intérieur ; une meule de foin trônait au milieu d'un sol cimenté et, de la toiture, pendaient des toiles d'araignées. Seule, une lucarne sur le côté droit pourrait leur assurer un minimum de clarté à leur réveil. Tristan aperçut deux seaux providentiels pouvant servir de tabourets, et une caisse de bois, de table pour le petit déjeuner. Les nouveaux complices passèrent la nuit allongés dans la paille et s'endormirent très vite.

Martha se réveilla en sursaut, les tempes moites. Depuis la mort de Mickaël, elle faisait toujours le même cauchemar lancinant : le corps inerte de Karl gisait à côté d'elle sans qu'elle ne puisse l'atteindre. Quand elle se réveillait, elle cédait un court instant à la panique et éclatait en sanglots. Puis, elle se calmait et réussissait à se raisonner en se répétant que Karl allait bien et qu'il dormait paisiblement dans la chambre d'à côté. Pourtant, cette nuit-là, elle eut un sombre pressentiment, une vague impression, de celle qu'ont les mères intuitives, soucieuses du bien-être de leur progéniture. Karl lui avait paru si distant et si taciturne au dîner ; c'était comme s'il devenait subitement un étranger complètement indifférent à son entourage habituel. D'accord, il avait toujours aimé cultiver les mystères, mais, depuis quelques jours, il n'adressait la parole à sa mère que pour lui demander les céréales le matin ou une chose quelconque. Martha avait mis ce comportement sur les aléas de l'adolescence et ne lui avait guère prêté attention. Il lui fallait, dès huit heures, chaque jour, filer au salon de coiffure qu'elle dirigeait d'une main de maître. Alors, il ne lui restait que peu de temps pour deviner ou contrôler les pensées de Karl.

Tout en réfléchissant, elle se leva, enfila sa robe de chambre et regarda son radioréveil. Il était cinq heures et demie. Déjà, elle n'avait plus sommeil. Elle se dirigea vers la chambre de son fils et constata que la porte était entrouverte. Elle retint son souffle et entra silencieusement. Le lit était intact et Karl avait disparu…

Quelques rais de lueur pénétrèrent par la lucarne de la grange et tirèrent de son sommeil Tristan qui s'étira et qui, peu à peu, mesura avec effroi la situation insolite qu'il était en train de vivre. Il dormait à côté d'un jeune garçon. Et si la police le trouvait et l'accusait de pédophilie ! Aussitôt, il secoua Karl et le sermonna vertement sur les risques qu'il encourait. Le jeune pleura à chaudes larmes et Tristan fut saisi de pitié :
— Qu'attends-tu de moi ? Tu sais, je ne peux rien t'apporter à part des ennuis. Je ne suis qu'un vagabond, j'aime ma liberté. Et puis… Tu me rappelles trop Daniel, ce fils de douze ans que j'ai perdu, à cause de cette maudite méningite !...
Karl écarquillait les yeux et buvait ses paroles. Alors, pensa-t-il, sidéré, on pouvait mourir à douze ans. Il réalisa la peine qu'il ferait à sa mère s'il quittait ce monde.
— Pense à tes parents, mon garçon, poursuivit l'homme en cherchant dans son sac un paquet de gâteaux pour son hôte. Un enfant, ça vaut bien plus que la prunelle de ses yeux ! Quand Daniel est mort, je me suis mis à boire, je ne pouvais même plus me souvenir de sa voix. Et puis, Cécile, ma femme m'a quitté ; elle était fatiguée de me voir chaque soir complètement ivre.
— Je… Je suis désolé, s'excusa Karl, en essuyant son

visage. Il prit son cartable et, par maladresse, fit tomber son livre préféré.

Tristan se baissa pour le ramasser et le regarda, attendri ; il le feuilleta et récita :

« On ne voit bien qu'avec le cœur, l'essentiel est invisible pour les yeux. »

Tu sais que je l'ai déjà illustré ce livre. Avant, j'étais un peintre célèbre et j'avais même une galerie à Pont-Aven où j'exposais mes toiles.

Un peintre, songea l'adolescent déçu, ce n'est donc pas un aventurier !

Karl prit un biscuit que lui tendait l'homme. Comme il soupirait, Tristan remarqua son air perplexe qui en disait long. Vexé, le vagabond sortit de son sac un bloc-notes et un fusain. Il s'assit sur la caisse de bois et commença à dessiner. Quelques minutes plus tard, il lui donna sa feuille en souriant, d'un air satisfait.

Karl contempla le dessin. Sur la page, il put découvrir un mouton magnifique…

De son côté, Martha avait appelé la police et des gendarmes étaient accourus à son domicile. Dans la chambre de Karl, ils cherchèrent un indice ou une lettre que le garçon aurait pu laisser. Ils ne trouvèrent que son portable sous son oreiller. En voyant cela, Martha se mit à sangloter. Puis, tout s'enchaîna très vite : le signalement de la disparition, les recherches…

Quant à Tristan, il réalisa que le temps était passé et qu'il était l'heure de se séparer de son adorable compagnon de route. Il lui montra le chemin, l'embrassa et l'abandonna sur le sentier, par crainte de poursuites.

Karl marcha lentement pour retarder le moment où il retournerait chez lui. Il respira à pleins poumons les premiers parfums du printemps comme s'il voulait s'enivrer de ces fragrances afin de retrouver plus de courage pour affronter la réalité. Un instant, il pensa à Martha et eut honte de lui faire tant de peine. Karl revit les vacances passées à La Plaine-sur-Mer avec elle dans un mobile home, leurs baignades, leurs fous rires quand à la plage, il s'était aperçu qu'il avait pris une bombe à insecticide au lieu de la crème solaire. Aussi, au fur et à mesure qu'il avançait, il comprit, à la lumière de sa rencontre avec Tristan, ce que pouvait être la complicité avec un adulte. Puis il réalisa subitement qu'il manquait d'expérience pour partir à l'aventure.

Comme il rêvassait sous les étoiles, Karl fut repéré par une voiture de police qui patrouillait à cet endroit. Dépité et victorieux à la fois, il se laissa conduire chez sa mère qui le voyant arriver entre deux gendarmes, avec ses cheveux en bataille où se mêlaient des brins de paille, se précipita vers lui :

— Où étais-tu ? Où as-tu dormi ? lui demanda-t-elle en prenant le visage de son enfant entre ses mains tremblantes d'émotion.

Et le garçon mystérieux s'exclama :

— J'ai rencontré un aviateur ! »

Et devant Martha, les gendarmes et tous les badauds réunis et médusés, il montra son dessin avec un sourire triomphant comme s'il revenait du désert de Mauritanie, comme Saint-Exupéry...

L'HOMME DES MONTAGNES

Avec ses yeux bleu azur, ses cheveux blanc argenté, son regard pétillant de bonté, on aurait pu croire que le monde pouvait se mettre à ses pieds. Il n'en était rien. Sa corpulence et ses quatre-vingts printemps n'impressionnaient personne.

Pourtant, Bertrand Norbert en avait fait des voyages. Il aurait même pu faire des conférences sur les différentes civilisations ou cultures auxquelles il avait été confronté. Il aurait pu en raconter des histoires. Au lieu de cela, il se taisait. Il écoutait les conversations à la terrasse d'un café du village, non sans un certain amusement. Peu soucieux de son allure, il déambulait avec ses vêtements usés parmi les ruelles d'Esquièze-Serres, un petit village près de Luz-Saint-Sauveur. Il avait toujours été très amoureux de la région des Pyrénées qui l'avait vu naître. Il était revenu au pays comme l'on revient aux sources. Mais personne ne se souvenait de lui ni du reste de sa famille d'ailleurs, car il n'en avait plus et ses anciens voisins l'avaient sûrement oublié.

Le matin de son arrivée, l'homme avait franchi le seuil de sa maison natale. Après s'être battu avec la serrure de la porte d'entrée, il avait balayé d'un revers de la main les nombreuses toiles d'araignées. Recommencer une nouvelle vie ne lui avait jamais fait peur. Mais désormais, il était las de partir. Aussi avait-il décidé de finir ses jours sur la terre de ses ancêtres.

Peu à peu, il retrouva ses repères d'antan, comme quand il avait douze ans. Il aimait alors gravir la montagne qui n'avait pas de secrets pour lui. Il se souvint de la vie de ses parents agriculteurs qui ne ménageaient pas leur peine pour nourrir leur famille. À cette époque, il allait aider son père à engranger le foin au lieu-dit l'Estives. Le travail de la terre, les repas pris à la hâte sur le pouce et parfois les quelques fous rires avec son amie d'enfance d'alors, la jolie Adèle lui laissait un souvenir impérissable. Il ferma les yeux et imagina le visage de la jeune fille. Il en avait toujours été amoureux. Il faut dire qu'avec sa chevelure blonde et son sourire ingénu, elle avait fait tourner bien des têtes. Puis un beau jour, un citadin lui avait promis monts et merveilles à la capitale et personne ne l'avait plus revue.

Comme les années ont passé vite, pensa Bertrand en ouvrant les fenêtres. Trois jours plus tard, alors qu'il commençait à retrouver ses repères dans le village, un homme à l'allure débonnaire, d'une quarantaine d'années vint à sa rencontre devant chez lui. Il se présenta comme étant le maire d'Esquièze-Serres et demanda qui il était, non sans une certaine méfiance. Tant de rumeurs avaient circulé à propos de ce nouvel arrivant. Mais la gentillesse de Bertrand attira immédiatement la sympathie du maire du village. Aussi le convia-t-il aux festivités du 14 juillet. En cette année 1965, tant de choses avaient changé à Luz. Le tourisme commençait à se développer. On avait construit de nouveaux hôtels et les quelques restaurants qui s'étaient implantés faisaient la fierté du village, sans compter la station de ski qui ne désemplissait pas l'hiver. Et puis Luz était si près de Lourdes, la cité mariale que même l'été la commune était très animée.

Bertrand refusa la proposition du maire ; il y avait belle lurette qu'il avait dansé une java. Le notable parut contrarié et s'éloigna du vieil homme d'un pas lent.

Un matin, Bertrand entreprit de faire une marche du côté du Cirque de Gavarnie. Il avait encore en mémoire la fameuse cascade impressionnante qui le ravissait. Il s'équipa donc de son sac à dos familier contenant une gourde d'eau et un sandwich, ses chaussures de marche ainsi que de son bâton de pèlerin. Bertrand partit ce matin-là, de bonne heure malgré la fraîcheur. En aucun cas, il ne redoutait de partir seul. Il avait toujours apprécié ce face-à-face avec lui-même qu'il trouvait dans le silence. Il regarda au loin les sommets recouverts par un épais brouillard. Cela ne fait rien, pensa-t-il, je connais le chemin par cœur.

Malgré le poids des années, Bertrand était resté très alerte et aurait surpris un groupe de jeunes sportifs avisés. Il marcha ainsi d'un bon pas durant plus d'une heure sur les sentiers, sans être essoufflé. De temps à autre, il entendait la chute de petites pierres. Alors, il levait la tête et découvrait parfois une marmotte minuscule dévalant les rochers. Puis il s'arrêta pour cueillir et goûter quelques myrtilles sauvages parmi les gouttes de rosée scintillantes comme des étoiles. La montagne exhalait de bonnes odeurs de sapins et de fougères. Bertrand retrouvait le paradis perdu cher à son enfance. Comme les nuages de brume se dissipaient peu à peu sur la Brèche de Roland, le vieil homme remarqua une bergerie qui lui sembla familière. Il fit une halte, posa son sac et pénétra à l'intérieur. Ce qu'il aperçut alors le saisit de stupeur. Sur le sol gisaient deux agneaux poignardés baignant dans une mare de sang. Bertrand avait toujours été quelqu'un d'imperturbable, mais, à ce moment-là, il fut bouleversé. Comme il avait toujours été soucieux de la cause animale, il se pencha vers les agneaux, espérant que ceux-ci respiraient encore. À cet instant, un couple de jeunes gens entra dans la bergerie.

Horrifiée par cette scène terrible, la femme hurla de peur en se tournant vers son compagnon qui la prit dans ses bras, en écarquillant les yeux de stupeur.

La suite pour Bertrand se déroula dans un scénario catastrophique, un scénario digne d'un mauvais polar.

Alertés par le cri de la femme au bord du malaise, des promeneurs parvinrent jusqu'à l'abri de pierre.

Le vieil homme essaya de raconter sa découverte, multipliant des propos aussi réfléchis que pathétiques afin de s'innocenter. En pure perte. Un berger d'une trentaine d'années arriva et observa avec consternation le massacre de ses agneaux. Il menaça Bertrand de porter plainte, avec des mots particulièrement cruels qui blessèrent profondément le cœur du vieil homme. Tous les promeneurs se rallièrent à sa cause, en opinant du chef.

Le vieil homme ne put malheureusement pas se justifier et fut retenu dans la montagne jusqu'à l'arrivée de deux gendarmes à la bergerie. Ceux-ci fouillèrent le malheureux en tentant vainement de lui faire avouer ce crime impardonnable. Puis ils cherchèrent un couteau ou une arme tranchante à l'intérieur et à l'extérieur de la bergerie, sans parvenir à trouver quoi que ce soit.

Ce fut pour Bertrand le début d'une liste de traumatismes. Bien sûr il n'allait pas être emprisonné, étant donné son grand âge. Mais il allait être convoqué au tribunal et se retrouver inculpé. Il savait aussi que sa réputation serait faite à Esquièze, qu'il devrait payer une lourde amende et envisager une retraite ailleurs.

L'homme était anéanti. Jamais de sa vie, il n'avait fait l'objet de telles accusations. Il en avait vécu pourtant des situations difficiles : vol de ses papiers, de son argent, de sa voiture... Pourtant, il n'avait jamais éprouvé un tel sentiment d'injustice. Il avait toujours rencontré une brave personne pour le tirer d'affaire. Mais désormais, il devenait un étranger dans la région qui l'avait vu naître.

Quand, le lendemain, il fut relâché et qu'il retrouva sa maison, rien n'était plus pareil. D'ailleurs, sur son mur principal, il aperçut des lettres tracées à l'encre rouge :

« ASSASSIN ».

Bertrand eut l'impression de faire un cauchemar, un de ces rêves d'où l'on n'arrive pas à s'échapper, un de ces rêves-pièges qui se transforme en une réalité insoutenable. Il resta un moment ébahi dans sa petite masure, ne sachant pas quelle conduite adopter. Puis il eut faim. Il prit quelques pièces de monnaie et se dirigea vers la boulangerie la plus proche. À peine fut-il entré que la commerçante le tança vertement. Non, il n'y avait plus de pain, ni aujourd'hui, ni demain et surtout rien pour un assassin. Bertrand se dirigea vers la supérette un peu plus loin.

Après tout, se dit-il, j'ai le droit de vivre, comme tout le monde. Mais dès l'instant où il arriva à la porte d'entrée, un groupe de badauds l'empêcha d'entrer en l'invectivant. Le vieil homme n'avait jamais su se battre ; il avait toujours résolu ses problèmes de manière pacifique. Il tenta d'entamer un dialogue avec ses ennemis. En vain. On lui jeta à la figure des tomates pourries, des légumes avariés, des épluchures de pommes. Bertrand était devenu désormais la bête noire du village.

Le pauvre homme rentra chez lui, la mort dans l'âme. Il se sentit comme un poids pour le monde. Peu à peu, il perdit le goût à la vie. Même le jour, il restait dans l'obscurité, n'osant plus ouvrir ses persiennes. Il se nourrissait de boîtes de conserve, sans même prendre le temps de réchauffer sa nourriture. Petit à petit, il arrêta de se raser, de se laver. Il ressemblait à ces ermites des montagnes avec son visage de plus en plus émacié, ses longs cheveux et sa barbe de trois semaines. Les jours défilaient et Bertrand ne sortait plus ni de sa léthargie ni de sa maison.

Puis un matin, on frappa à sa porte. Par peur, par manque de force, il ne voulut pas répondre. Les coups résonnèrent de plus belle. Prostré sur une chaise, Bertrand restait sans voix. Le monde lui semblait être à des milliers d'années-lumière. Alors, il vit que l'on glissait une feuille de journal sous sa porte. Il était comme pétrifié, mais son regard bleu ne pouvait se détacher de ce morceau de papier. Aussi se laissa-t-il tomber à terre pour la ramasser. Il se traîna pendant les quelques mètres qui le séparaient de la porte. La chute depuis la chaise lui avait certainement occasionné des ecchymoses, car Bertrand grimaça de douleur.

Avec peine, il prit la feuille dans ses mains sales et tremblantes et lut un article que quelqu'un avait encadré au crayon rouge :

« Alors qu'ils montaient au Cirque de Gavarnie, des promeneurs eurent la frayeur de leur vie. En effet, ils virent un énergumène déguenillé en train de poignarder un mouton afin de se nourrir de sa chair. Épouvantés, ils se réfugièrent derrière de lourdes pierres avant de pouvoir descendre sans se faire remarquer par l'individu, dans la vallée... »

Les yeux de Bertrand se brouillèrent et l'homme resta bouche bée ; il sentit qu'il suffoquait. Il voulut ouvrir la fenêtre pour appeler du secours, mais ne put faire le moindre effort. Une douleur fulgurante lui transperça la poitrine et il s'effondra. Sa vie s'arrêta ici, tragiquement dans la solitude la plus totale.

Deux jours plus tard, les gendarmes enfoncèrent la porte et découvrirent l'homme gisant avec, à ses pieds, une feuille de journal. Le maire avait malgré tout commencé à s'inquiéter du sort du vieil homme.

Dans la région de Luz-Saint-Sauveur, Bertrand tomba vite dans l'oubli. Les villageois ne vinrent pas à ses funérailles, le prenant pour un vieux fou, un sauvage qui, après tout, méritait bien ce qui lui arrivait.

Il en est ainsi de ces êtres sans importance que l'on condamne parce qu'ils apportent un air inconnu, un vent nouveau, une richesse puisée souvent dans les torrents des montagnes ou dans ces espaces où il fait bon vivre. Ils sont nés humblement dans des foyers où la chaleur de l'âtre diffuse au creux des âmes des flammèches ardentes de beauté, de vérité et de noblesse.

LES DÉBOIRES DE SOPHIE

Ce matin-là, Sophie s'était réveillée de fort bonne humeur. Elle se leva précipitamment avec une idée derrière la tête, une de ces idées saugrenues que possèdent les adolescentes un tantinet rêveuses.

Depuis sa rentrée en quatrième, elle s'était entichée de son professeur de mathématiques, monsieur Leroy. Il faut dire qu'il était pas mal et toutes les collégiennes en pinçaient pour lui. L'homme avait une vague ressemblance avec Léonardo di Caprio, disons en beaucoup plus ordinaire puisqu'il était affublé d'une paire de lunettes rondes à la monture de métal. Il avait les yeux clairs, des traits réguliers et avait la fâcheuse tendance à rouler des mécaniques, en jouant de sa carrure d'athlète quadragénaire qui ne manque jamais de faire son jogging chaque week-end. Sa voix rocailleuse lui donnait encore plus une assurance très masculine. De plus, monsieur Leroy se sentait pousser des ailes lorsqu'il remarquait que toutes ses élèves l'observaient avec des yeux de merlan frit.

Ce matin-là, Sophie était vraiment décidée de se distinguer des autres filles de sa classe. Elle entra dans la salle de bains, approcha son visage du miroir et constata, avec consternation que son fichu bouton d'acné n'avait pas disparu. Elle s'empressa de prendre sa douche, coiffa ses longs cheveux bruns, se maquilla outrageusement et insista surtout sur son appendice nasal qu'elle détestait à présent. Puis, elle retourna dans sa chambre pour enfiler une jupe légèrement évasée et un tee-shirt moulant pour faire ressortir les courbes de sa poitrine. Elle était fière de faire tourner la tête des garçons, avec son physique avantageux d'actrice en herbe. Elle aurait même pu jouer la comédie, tellement elle imitait bien Brigitte Bardot.

Mais elle se fichait éperdument des garçons qu'elle trouvait « débiles » et souhaitait ardemment vivre une aventure avec un homme, un vrai. Aussi, emprunta-t-elle une fois de plus les escarpins à talons hauts de sa mère sans le lui demander. De toute façon, cette dernière était partie travailler à la pâtisserie de bonne heure avec son père.

Elle se rendit au collège en pianotant sur son portable pour envoyer un texto à son amie, Salomé. La jeune fille voulait savoir à quel moment monsieur Leroy entrerait dans sa classe afin d'arriver en même temps. Elle avait imaginé cent fois le scénario ; c'était le coup classique du livre qui échappe des mains d'une nana et qui tombe, par mégarde sur le sol et... la suite est facile à deviner. Rien que d'y penser, Sophie souriait et se réjouissait dans sa petite caboche. Plus raisonnable, Salomé lui faisait remarquer que son professeur portait une alliance à l'annulaire gauche. Pourtant, au lieu de décourager l'adolescente énamourée, cette révélation sembla la transporter. Forcément, à la maison déjà, rien ni personne ne pouvait lui résister. Anne, sa mère la couvrait de cadeaux, peut-être pour se disculper de ne pas être assez présente au foyer. Quant à son père, Marc, il glissait dans les poches de son manteau, de temps à autre un billet de cinquante euros. Ainsi traitée, Sophie pensait être le nombril du monde tel son bouton d'acné au milieu de sa figure.

Juchée sur ses talons hauts qui tendaient à la déséquilibrer, l'adolescente parvint au collège, en essayant d'accélérer le pas de façon maladroite et retrouva sa classe. Elle fut essoufflée puis soulagée d'apercevoir monsieur Leroy franchissant le seuil de la porte. Sophie s'empressa alors de faire tomber son manuel devant son professeur. Mais, au lieu de vivre la scène la plus romantique de sa courte vie, elle s'affala lamentablement sur l'estrade, son talon droit s'étant décollé. Monsieur Leroy ne put la retenir et son rire sonore retentit alentour.

« Tu ne t'es pas fait mal, au moins ? » réussit-il à articuler, en reprenant son souffle et en aidant la jeune fille à se relever.

Terriblement vexée, Sophie gémit assez fort pour attirer l'attention de l'homme, tout en touchant son genou d'où coulaient quelques gouttes de sang.

– Écoute, ajouta ce dernier, je n'ai pas le temps de m'occuper de toi. File à l'infirmerie, elle doit être ouverte.

La jeune fille hocha la tête sans dire un mot. Jamais elle ne s'était sentie aussi amoindrie. Tandis qu'elle sortait de sa classe en claudiquant, Salomé et ses camarades arrivaient en chahutant. Humiliée, Sophie tenta de fuir le regard de son amie qui finit par sourire. Les autres collégiens la regardèrent comme une bête curieuse alors qu'elle s'éloignait pour obéir à son professeur. Pendant ce temps, la voix rocailleuse de l'élu de son cœur imposa le silence...

À partir de ce jour, l'adolescente changea de comportement. Son beau rêve était aussi brisé que cette saloperie de talon, pensa-t-elle. Alors, adieu les théorèmes de Thalès et de Pythagore. Puisqu'il en était ainsi, autant devenir la plus nulle en maths. Après tout, son bulletin scolaire allait inévitablement affoler monsieur Leroy. Peut-être aurait-elle des cours particuliers. Sophie ne voulait surtout pas lâcher l'affaire ; elle ne serait jamais l'archétype de la nana ratée, la star déchue.

Aussi, quand la jeune fille retourna à son domicile, elle prit la ferme résolution de négliger ses maths et d'ailleurs, les autres matières aussi. Qu'est-ce que cela pouvait bien faire aussi de savoir l'heure à laquelle 2 TGV se croisent ? Personne n'allait se dire « coucou » d'un train à l'autre. Et puis, les problèmes de robinets qui fuient : pourquoi ne pas tout simplement appeler le plombier ? Pourquoi se poser des questions qui n'ont pas lieu d'être ? se dit la jeune fille fâchée.

Et les semaines passèrent ainsi. Mais le matin de la distribution des bulletins de notes, elle se fit sermonner vertement par tous ses professeurs, et plus durement encore par M. Leroy qui la toisa avec un mépris ostentatoire. À la maison, ce fut plus cauchemardesque encore. Marc la priva d'argent de poche et Anne lui annonça froidement qu'elle n'aurait pas son nouveau Smartphone pour Noël. C'est sûr, Salomé allait la charrier. Elle avait d'ailleurs pouffé de rire en voyant le talon cassé et la démarche ridicule de son amie qui avait alors décidé de lui tourner le dos résolument. On ne se payait pas la tête de Sophie impunément.

Les vacances de Noël furent les plus tristes de son existence. Elle les passa dans sa chambre à écouter en boucle Kenji Jirac et fut terriblement déçue de voir au pied du sapin, juste un flacon de parfum et une paire de moufles.

Au mois de janvier, la jeune fille avait beaucoup changé. Elle partait au collège en traînant de vieilles baskets et son joli visage affichait une moue désabusée qui en disait long sur son mal-être. Elle avait coutume de porter des chandails informes et commençait à inquiéter ses parents. De plus, elle avait fait une croix sur le nom de monsieur Leroy qu'elle trouvait désormais orgueilleux, prétentieux, arrogant et plein de suffisance.

Mais quelques jours plus tard, un nouveau, prénommé Ronan fut présenté à la classe par le prof de maths. Sophie leva les yeux nonchalamment et croisa le regard bleu du garçon. Son cœur d'artichaut battit la chamade quand ce dernier lui sourit, découvrant des dents blanches alignées comme des touches de piano. Dieu, qu'il était beau ! pensa-t-elle. Salomé lui fit un clin d'œil complice, la tirant de sa rêverie. Les deux adolescentes se sourirent. Et, à la fin des cours, Sophie interpella son amie retrouvée pour lui demander conseil. Quel stratagème devait-elle utiliser pour le draguer ? La nouvelle année avait bien commencé...

Très vite, Ronan se distingua par son charisme. Dans la classe, il ne passait vraiment pas inaperçu. Habillé toujours à la dernière mode, il aurait pu défiler pour Karl Lagerfeld. Et avec son allure à la James Dean des temps modernes, il faisait tourner les têtes des filles de tout le lycée tel un cerf bramant au beau milieu d'un attroupement de biches.

Sophie voulut se démarquer des autres. Non contente de s'offrir les meilleurs mascaras, eye-liners ou vernis à ongles, après les cours, elle s'activa dans le dressing de ses parents pour trouver les fringues les plus irrésistibles. Le lendemain, elle se sentit prête ; elle avait choisi une robe fourreau noire, des bas résille et de jolis escarpins avec des talons d'une hauteur raisonnable cette fois-ci. Elle ressemblait beaucoup à Audrey Tautou en un peu plus jeune. Pour tout dire, elle avait l'air d'une jeune fille partant au bal des débutantes.

Quand elle arriva au lycée, d'un air triomphant, elle vit Ronan qui lui tournait le dos. À peine l'avait-elle approché que le proviseur, monsieur Danois l'interpella d'une voix forte :

— Mademoiselle, où vous croyez-vous ? Que veut dire cet accoutrement ? Filez immédiatement dans mon bureau !

Sophie n'eut pas le temps de répondre. Sous les regards médusés des lycéens, elle entra dans le bureau du proviseur, terriblement désappointée. Elle allait encore être la risée de toute l'école, pensa-t-elle au bord des larmes. Décidément, personne ne l'aimerait jamais. Monsieur Danois, que tous les élèves surnommaient « le clébard » la fit asseoir et la dévisagea avec un mélange d'étonnement et de colère contenue.

— Écoutez, mademoiselle, je n'ai pas de temps à perdre avec des perruches. Vous allez rentrer chez vous, vous allez vous changer et vous reviendrez me voir. Vous avez une demi-heure devant vous. Je verrai ce que je peux faire.

— Une demi-heure ! Mais, je vais louper le cours d'histoire ! s'exclama-t-elle comme pour prouver son intention de travailler et pour échapper à une éventuelle punition.

Monsieur Danois lui fit comprendre, d'un geste las, que cela n'avait pas trop d'importance, au point où elle en était dans ses résultats scolaires.

Sophie s'éloigna du lycée, la mort dans l'âme. Jamais Ronan ne me remarquera, se dit-elle.

Elle rentra chez elle, enfila un jean et un tee-shirt et réapparut, très inquiète. Il était pour elle, hors de question d'avoir une retenue.

Pris de compassion pour l'adolescente, le proviseur lui posa une question qui la laissa perplexe.

— Tu aimes jouer la comédie ?

Se méprenant sur cette interrogation qu'elle trouva sarcastique, elle s'apprêta à se retirer sans répondre.

Monsieur Danois reposa la même question avant d'ajouter :

— Voilà, je recherche pour la fête de fin d'année une jeune fille capable de tenir le rôle de Cléopâtre. Est-ce que cela t'intéresse de suivre des cours de théâtre avec mon épouse après la classe ?

À ces mots, Sophie eut l'envie de bondir et d'embrasser le directeur. Elle accepta avec assurance. Oui, elle serait la meilleure reine d'Égypte de l'Histoire. Oui, elle connaîtrait son texte par cœur. Et même Monica Bellucci serait une pâle copie à côté d'elle. Et Ronan serait raide dingue d'elle. Mais pourvu qu'il joue le rôle de Marc-Antoine, songea-t-elle…

L'ENFANT DES NUAGES

« Viens, Paul, viens ! dit ma grande sœur sur le chemin de l'école, tu vas nous mettre en retard et la maîtresse va encore gronder !

Mais c'est que moi, je ne veux pas aller dans cette maison sans oiseaux, sans abeilles, sans fleurs. Comme elle est triste, son école avec ses grandes cartes, avec sa maîtresse à lunettes qui tend une perche sur un tableau noir. Je ne comprends rien à ses signes sur le cahier que l'on est obligé de tracer, à ce silence quand moi, j'ai envie de crier. D'ailleurs, je l'ai fait hier. Alors la dame à lunettes m'a lorgné avec ses yeux ronds et ses sourcils tels des arcs-en-ciel, sauf qu'ils étaient noirs et qu'ils me faisaient peur. Madame Lebas, c'est son nom, elle est méchante ! Elle m'a mis derrière son bureau, face au mur blanc et m'a rouspété. Le soir, maman est venue me chercher et madame Lebas lui a dit que j'étais différent des autres, qu'il fallait me changer d'école. Mais moi, je veux rester dans ma chambre et taper, taper sur le parquet. C'est drôle… ça résonne dans la maison. Elle est gentille avec moi, la quille de bois, elle m'obéit. Je suis son maître. Alors, je continue à taper le sol. Cela énerve papa et maman qui se mettent en colère.

– Je t'en prie. Fais le taire ! s'exclame papa.
– Tu sais bien qu'il ne fait pas exprès, répond maman lasse de m'entendre.

Puis la porte de ma chambre se referme et je suis seul. Enfin seul dans mon univers où il n'y a que des gentils. Mon ours en peluche ne parle rien qu'à moi. Mes petites voitures roulent comme des vraies. Alors, je crie, je crie ma joie d'être là. Puis derrière les murs, j'entends des voix, toujours les mêmes, je ne peux rien y faire. Ces voix m'agressent. Je me mets en boule et je me balance, je me balance d'avant en arrière, pendant longtemps. Le temps s'arrête. Je suis invincible. Non, papa et maman ne m'auront pas. Je n'appartiens à personne.

Dehors, il fait froid. Des petits papillons blancs tombent comme les duvets des oisillons par terre, mais en beaucoup plus nombreux. Je regarde la fenêtre, hypnotisé par ce spectacle. Tout me semble bizarre. Heureusement qu'il y a ma sœur Aude ; elle a de longs cheveux. J'aime bien quand elle se penche vers moi ; je voudrais lui sourire, mais je ne peux pas. Alors je la fixe. Elle me dit que j'ai des yeux de poisson bouilli. Je ne sais pas ce que c'est ; je n'en ai jamais vu de poisson bouilli, moi.

Maman arrive en marchant à pas feutrés. Elle croit toujours que j'ai mal quelque part. Elle me touche la joue ; des plis apparaissent sur son front, aussi drôles que sur mes draps le matin. Je l'aime bien, mais je ne lui montre jamais. Maman m'annonce que demain, je verrai des messieurs en blouse blanche et qu'ils seront très gentils avec moi. Puis elle m'emmène par la main pour dîner. Je sais que, comme d'habitude, je mettrai du potage partout sur mes vêtements et sur le carrelage. Maman Odile soupirera une fois de plus en essuyant le sol et me changera.

Le lendemain arrive et je suis effrayé. Je refuse de m'habiller. Je crie et je me raidis. Pour ôter mon pyjama, maman doit se livrer à un combat. Elle se met à me chanter une berceuse pour me calmer. J'aime bien les chansons, moi, mais je ne veux pas voir les messieurs. Tout me fait tellement peur. La rue. Les voitures. Pourquoi tant de vacarme ? Seules, les devantures de magasins m'attirent avec leur lumière. On dirait des morceaux de soleil. Cela me fascine. Alors, je voudrais m'enfuir pour les regarder. Mais maman me serre très fort mes petits doigts.

Le froid me saisit en sortant, malgré que je sois bien emmitouflé. Odile fait tout pour me rassurer, mais je la sens très inquiète. La voiture de papa sort du garage. Où vais-je aller ?

Papa a toujours conduit vite. Je me mets alors à rire ; j'ouvre la vitre, le vent décoiffe mes cheveux bruns. Et je ris de plus belle. Papa Philippe accélère. Maman lui demande de ralentir. Enfin, on arrive devant un grand bâtiment blanc avec une énorme enseigne bleue. Je n'y comprends rien. Pourquoi sommes-nous ici ? Nous descendons de la voiture. Papa me prend dans ses bras et m'embrasse. Il me sourit et me décoiffe avec ses grosses mains, comme le vent tout à l'heure. Oui, papa, c'est le vent. Quand il passe, il fait beaucoup d'air.

Une fois entrés dans l'hôpital, une secrétaire prend des feuilles remplies de lignes que maman Odile lui tend et nous introduit dans une pièce avec des tas de chaises et personne d'autre. Après, nous attendons. Nous attendons quoi ? Je ne sais pas.

Le temps passe. Je suis mal à l'aise et je m'assois par terre. Je me mets à crier. Personne ne me fera taire. Je suis en colère. Maman se sent honteuse; elle regarde autour d'elle tandis que papa essaie désespérément de me calmer par des mots rassurants, puis par des promesses. Oui, j'irai après faire un tour de manège.

Un homme chauve, habillé de blanc et avec de gros sourcils vient vers nous. Il m'interpelle doucement comme on prend des précautions avec un débile. Je sais que je ne suis pas débile, comme ils disent à l'école. Je ne sais pas parler. Je ne sais pas écrire. Mais je ne suis pas bête. Non, je ne suis pas un animal.

L'homme chauve me regarde d'un air étrange et s'accroupit.

Et je ne sais pas pourquoi, je lui prends la main qu'il me tend. Il me fait pitié. Oui, c'est cela ; on dirait mon nounours, il a une grosse tête, mais il n'a pas de poils dessus. Je suis calme maintenant et j'accompagne l'homme. Par ailleurs, quand maman m'avait parlé du cabinet du médecin, j'avais cru qu'elle pensait à un cabinet de toilette. Moi, je ne veux pas me laver les dents avec le monsieur aux gros sourcils.

À l'intérieur du cabinet, il y a un bureau avec des crayons et des dessins d'enfant. Le docteur me donne une feuille et il me demande de faire un bonhomme. Mais j'ai un problème, je ne sais pas dans quel sens je dois tenir le crayon. L'homme me montre comment faire. Alors, je me mets à tracer des traits, des traits qui débordent de partout, j'ai même crayonné sur le bureau. Je le trouve plus joli comme ça. Le nounours me sourit et appelle une dame rousse qui m'emmène par la main dans la pièce d'à côté. Je suis tellement surpris que je me tais et que j'obéis. La dame aux cheveux rouges me donne un camion de pompiers et me dit de jouer tranquillement pendant qu'elle tape sur son ordinateur. Je n'en ai pas envie : je veux revoir nounours et je n'aime pas les cheveux rouges. Je me mets à taper des pieds.

Quelques minutes, une éternité plus tard, papa et maman sortent du cabinet. Odile a les yeux rouges comme les cheveux de la dame et Philippe a les sourcils qui se rejoignent. Ils sont drôles.

Nous sortons en silence. Papa nous conduit à un centre commercial où se trouve un manège.

Il me soulève et monte avec moi sur un petit cheval du carrousel. Je pleure et je vois aussi que maman verse des larmes. Peut-être qu'Odile voulait monter à ma place. Moi, je ne veux pas être là. Je veux ma quille de bois. Je veux rentrer à la maison. Papa finit par me descendre du cheval ; il console maman.

– Ne t'en fais pas ! Le petit, on s'en occupera. Et si besoin, on prendra une nounou !

Nous quittons le centre commercial, sans regret. Il fait nuit noire, mais les duvets blancs semblent nous éclairer. Maman me parle d'un père Noël qui va venir avec son traîneau. Tout cela m'indiffère. Je veux ma maison. Je veux retrouver mon nounours... et ma quille de bois !

Après, c'est comme une valse de nounous. J'en vois de toutes les tailles, de toutes les formes, des belles, des moches. Maman et papa leur posent toujours la même question :

— Vous êtes-vous déjà occupé d'un enfant handicapé ?

Je me demande bien de qui elle parle. Où y avait-il un handicapé à la maison ? Personne n'est équipé d'un fauteuil roulant ici. Maman m'avait désigné des personnes handicapées une fois, et je les ai enviées. Comme ce devait être drôle de se déplacer avec un de ces engins.

Puis un jour, une jeune fille blonde arrive. Elle a de grands yeux bleus comme la mer sauf qu'ils ne font pas de vagues. Elle me sourit et maman m'appelle et me présente. Je deviens le centre des attentions. Et je me mets à crier. Je ne comprends pas pourquoi tous ces regards.

La jeune fille se nomme Sarah ; elle ne panique pas et cela me surprend. Elle demande un jouet à Odile. Maman lui apporte. Et là, un miracle se produit, je ne crie plus. Je la trouve trop gentille. Papa arrive de son travail et me trouve à faire rouler sur la table une petite voiture. Comme maman, il reste sans voix. Mes parents ont les larmes aux yeux, aussi brillantes que les jolies perles du collier d'Odile. Cela me laisse perplexe. Ensuite, papa sort encore des feuilles avec des traits dessus. Maman m'explique que Sarah va s'occuper de moi à partir de la semaine prochaine.

Le dimanche arrive. Mes parents m'emmènent voir des animaux au zoo, non sans une certaine inquiétude. Contrairement à l'habitude, je reste silencieux et scrute les lions, les chimpanzés, les girafes avec curiosité. C'était comme si quelque chose de nouveau s'était passé en moi. Je suis plus confiant, moins sauvage. Maman et papa ont l'air soulagé.

Une fois entré à la maison, une crise d'angoisse m'envahit. Alors, je pousse un cri. Je lis le désarroi sur le visage de maman. Des plis apparaissent au coin de ses lèvres et de son front.

— Pourquoi il réagit comme cela ? demande mon père. Il était si bien au zoo.

— Peut-être trop de sollicitations, tu sais, il est si fragile.

Fragile ? Mais, je ne suis pas un vase moi. Je ne casse pas. Je suis très fort. Je suis grand.

Je m'enferme alors dans mon mutisme. Quand maman vient me chercher pour le repas, je suis comme une poupée de chiffon. Elle est obligée de me porter. Papa se met à faire de gros yeux comme des noisettes. Il est en colère et se retient d'exploser.

Le lundi matin, on frappe à la porte. C'est Sarah. Elle est habillée tout en jean. Je la trouve encore plus belle. Je me tais et reste ébahi à la contempler.

Maman lui laisse les clés de la maison et son numéro

de portable avant de partir travailler dans son cabinet dentaire où elle est secrétaire.

La journée se passe tranquillement. Je reste muet. Le repas vient et je ne me mets pas à cracher ou à essayer de répandre le contenu de l'assiette que Sarah tient dans ses mains.

Quand maman revient de son travail, elle me retrouve sagement assis sur les genoux de Sarah qui me raconte l'histoire des trois ours. Elle reste interdite un instant et elle sourit comme sous le charme de la scène. Elle me dit que le lendemain, elle prend sa journée et qu'elle veut m'emmener au bord de la mer avec Sarah, si elle le veut bien. La jeune fille acquiesce.

Je ne peux raconter à quel point ce séjour à Pornic a été formidable. Sur la plage, Sarah et Odile m'ont tenu les mains pour que je coure avec elles. J'étais essoufflé, mais j'étais content. Ensuite, papa et Aude nous ont rejoints et nous sommes allés ramasser des coquillages. J'ai porté mon seau, il était lourd. Je n'ai pas eu envie de crier…

Aujourd'hui, j'ai vingt ans, je suis au lycée. Et si je suis plus lent à comprendre les théorèmes que les autres, je suis un très bon philosophe. Je me souviens de ce médecin qui s'était penché sur mon cas. Il a affirmé avec conviction que j'étais un enfant intelligent et que je progresserai dans la vie. J'ai mis du temps à sortir de ma coquille ou de ma chrysalide, mais maintenant, je souhaite venir en aide aux enfants que l'on dit différents, mais qui sont dotés d'une sensibilité exacerbée. Les experts n'ont jamais su dire si j'étais autiste ou autre chose. Peu importe. Je revendique mon droit à la différence. Et quand je roule en scooter, il m'arrive encore de crier en me mouchant dans les nuages. Oui, la vie mérite bien tous ces combats.

L'année dernière, j'ai revu Sarah qui est maman de trois enfants maintenant. Elle a affirmé que quand elle a croisé mon regard de petit garçon, elle a senti au fond d'elle-même une envie irrésistible de me redonner la joie de vivre. Elle a cru en moi et elle a soutenu mes parents qui avaient commencé à démissionner devant mes réactions imprévisibles.

Maintenant, je veux exister ailleurs que dans le regard des autres. Être soi passe par bien des renoncements. Tant pis pour les imbéciles avec leurs dogmes obsolètes. Je renonce à plaire pour paraître dans les normes que la société des bien-pensants impose. Après tout, normal, ça veut dire quoi ?...

SUSPICION

Dans un village vendéen, au cœur même d'une petite église, le père Mathieu sourcillait. Il n'en croyait pas ses yeux. Devant lui, à gauche de la nef, la statue de saint Joseph avait disparu. Pourtant, il avait bien refermé à clé l'édifice la veille, se souvint-il. Comment les voleurs avaient-ils bien pu s'introduire dans l'église ? Bien déterminé à clarifier cette énigme, le prêtre fit le tour de l'autel et alla observer la porte de la sacristie. En se penchant vers la serrure, il constata alors que cette dernière avait été endommagée.

Le père Mathieu était un homme de caractère. Âgé d'une quarantaine d'années et très discret, il ne voulut pas faire appel à la police ; il voulut mener lui-même son enquête. Il savait que depuis la crise, bon nombre de paroissiens pouvaient être à l'origine de cette effraction. La statue de saint Joseph du dix-neuvième siècle était recouverte de feuilles d'or et ses yeux étaient des saphirs d'une grande valeur. Avec une telle œuvre d'art, les voleurs étaient sûrs d'être à l'abri du besoin pour bien longtemps.

Le prêtre se rappela les trois paroissiens qu'il avait reçus la veille pour la réfection du clocher de l'église. Le premier, François Le Tourneux, le menuisier, possédait un atelier qui survivait à peine. Heureusement, il s'était marié avec Sandrine, la fille du pharmacien, une femme pleine de sagesse qui lui assurait depuis longtemps, une bonne gestion de ses affaires. Le deuxième, Antoine Criquet, était un maçon très apprécié dans le canton. C'était l'adjoint du maire et le père Mathieu n'imaginait pas ce sérieux célibataire en train de dérober une statue de valeur, réputée dans la région.

Il restait Raoul Dubois, le bedeau qui lui avait fait de drôles de confidences. Comme il paraissait étrange ces derniers temps ; ce sexagénaire s'était amouraché de la vieille Amélie, une veuve qui se souciait de lui comme d'une guigne. Il avait même fait un emprunt à la banque pour acheter une bague, un diamant qu'il offrirait à sa dulcinée, le soir de Noël, lorsqu'il la demanderait en mariage.

Et si c'était lui le traître ? pensa le père Mathieu.

Afin de trouver le coupable, le prêtre commença à épier ses paroissiens. Il fallait que l'auteur du crime fût démasqué avant le premier dimanche de l'Avent, c'est-à-dire dans les quatre jours suivants ! Cela laissa peu de temps à monsieur le curé qui fit passer un décret :

« *L'église sera fermée pour travaux pendant une semaine.* »

Cela pourrait être le temps qui lui était imparti pour trouver le voleur et ce, en toute discrétion. Il avait en horreur le tapage médiatique.

Il pensa, pour avoir lu les livres de Georges Simenon, que « l'assassin » reviendrait bientôt sur les lieux de son crime. Donc, il guettait le soir, à la lumière d'une bougie, le cambrioleur. Afin de le confondre, il imagina un stratagème pour le moins discutable.

Le père Mathieu fit une prière à saint Antoine et prit tous les cierges qui se trouvaient aux pieds de l'emplacement de la statue. Il se rendit dans la petite cuisine attenante à la sacristie et fit fondre au bain-marie ces bougies. Il s'excusait intérieurement devant Dieu en se signant une dizaine de fois, de vouloir piéger son cambrioleur, mais il était très déterminé à récupérer cette merveille qui faisait la fierté de son église, sa statue de saint Joseph.

Aussi prit-il une casserole qu'il remplit avec les cierges, la fit chauffer au bain-marie sur sa plaque électrique. Puis, lorsque les cierges furent réduits en paraffine, le prêtre répandit le contenu de la casserole sur le seuil de la sacristie. Il laissa enfin la porte ouverte et s'enveloppa dans une couverture ; il passa la nuit dans son fauteuil préféré dans cette même pièce, en espérant qu'un voleur tomberait dans l'entrée de la sacristie, à côté du portant où étaient suspendues ses soutanes. Il attendit longuement et finit par s'endormir à la lueur d'une minuscule bougie posée sur la commode.

Soudain, vers cinq heures du matin, il fut réveillé par un fracas assourdissant. Il ouvrit les yeux et vit un spectacle plutôt insolite : sous une avalanche d'aubes, de soutanes et d'étoles blanches, semblait se traîner un individu qui gémissait de douleur. Le père Mathieu se jeta aussitôt sur l'interrupteur et alluma la lumière. Et là, il resta stupéfait. Entre deux dentelles, la vieille Amélie montra son visage ; elle avait un hématome au front et geignait douloureusement.

Le prêtre l'aida à se relever et la fit asseoir dans le fauteuil. Il lui demanda des explications sur sa venue à une heure aussi avancée de la nuit. Elle bredouilla une histoire abracadabrante : elle aurait vu les enfants de chœur en train de faire une procession avec la statue de saint Joseph au lieu-dit « La Bruyère ». Le père Mathieu se frotta son crâne dégarni et réalisa enfin qu'il s'était trompé. Il avait bien vu que le comportement de ses enfants de chœur avait changé ces derniers temps, surtout celui du fils Le Tourneux. Ce dernier était toujours à la recherche d'une bêtise. Il se souvint qu'un jour, il avait mis de la bière dans le vin de messe. Cette fois-ci, le gamin avait été trop loin, pensa-t-il.

Le père Mathieu et la vieille Amélie s'en allèrent dans les chemins de campagne et surprirent, de l'autre côté d'une haie, trois petits « bandits » d'une douzaine d'années, brandissant la magnifique statue fièrement auprès d'un belvédère. Ils avaient échappé à la vigilance de leurs parents et célébraient une drôle de messe au beau milieu d'un sentier. Le fils Le Tourneux imitait le père Mathieu tandis que les plus jeunes faisaient sonner une cloche comme l'aurait fait le bedeau. Comme ils s'agenouillaient devant saint Joseph, le prêtre arriva et prit par l'oreille le chef de cette tribu. Après avoir sermonné les gamins, il récupéra la statue qui, par chance, était intacte. Le fils Le Tourneux et les deux autres enfants de chœur rejoignirent leur domicile où ils reçurent une bonne correction.

Par la suite, cette histoire fit le tour du village comme une traînée de poudre à canon. On chercha un responsable. Pendant des années, elle divisa le village en trois camps : il y avait, en premier, les grenouilles de bénitier, dont Amélie, qui s'étaient offusquées de ce comportement contraire à la bienséance et qui accusaient la famille Le Tourneux ; en second, il y avait les autres paroissiens et les anticléricaux dont le maire qui soutenaient le menuisier et les siens ; enfin dans le troisième camp, se trouvait… le bedeau, Raoul Dubois qui, las des imprécations de la vieille Amélie, se convertit au bouddhisme après avoir déposé aux pieds de saint Joseph, la bague de diamant qui lui avait coûté toutes ses économies.

ABANDON

Assise sur son balcon, Emmanuelle tremblait de tous ses membres; elle n'en croyait pas ses yeux. Tout en lisant une lettre posée sur ses genoux, elle ouvrit la bouche afin de reprendre son souffle. Comment cela pouvait-il arriver ? pensa la jeune femme dont le sang martelait les tempes. Il semblait si sincère. Jacques Sénégal – c'est son nom – lui avait promis de l'emmener aux États-Unis et que là-bas, ils se marieraient à Las Vegas. Emmanuelle se prit la tête entre les mains et se retint de crier. Jacques l'avait tellement guérie des blessures de ses précédentes histoires d'amour, pensa-t-elle. Il ne pouvait pas, lui non plus, se comporter ainsi, il ne pouvait pas devenir un sale type. Il n'avait pas pu lui faire ça. Il ne pouvait pas se conduire de la façon de tous ces goujats profiteurs de la naïveté d'une femme.

Dans sa tête, telle une rivière, coulaient ces bons moments partagés, ce qui aggrava cette sensation étrange de sidération, cette torpeur propre à ceux ou à celles qui vivent le deuil d'un amour perdu, tant et tant qu'elle se sentit au bord d'un malaise. Jacques était donc comme les autres. Il se fichait éperdument d'elle qui n'avait représenté probablement qu'un joli papillon épinglé sur son tableau de chasse.

Ah ! Elle serait contente, la voisine de palier, songea-t-elle, comme si Emmanuelle voulait reporter sa fureur sur une personne plus à sa portée. Il faut avouer que la jeune fille d'à côté l'avait toujours enviée avec sa minceur, la finesse de ses traits sur son visage éclairé par de beaux yeux verts et ses longs cheveux blonds tombant en cascade sur ses épaules. C'était sûr, elle se moquerait de son infortune. Mais pour l'heure, Emmanuelle se sentit abandonnée, pareille à ces figurines de cire, reléguées dans un placard afin d'y être oubliées. Elle prit son portable et appela son amie Juliette en pleurant :

« Il est parti ! lui confia-t-elle d'une voix à peine audible.

– Que dis-tu ? Je ne t'entends pas, répondit Juliette qui avait toujours été sa confidente.

– Je te dis que Jacques m'a quittée, lui annonça Emmanuelle, d'une voix forte.

– Mais vous deviez partir dans un mois et demi à Las Vegas ! Il n'a pas pu faire ça ! Vous vous êtes disputés ?

– Non, affirma Emmanuelle en se mouchant, il m'a embrassée très fort, hier, et puis il est sorti… en vitesse de l'appart. Ensuite, il y a eu cette lettre de rupture que j'ai reçue ce matin.

– Quel salaud ! Quand je te disais que les hommes étaient tous les mêmes ! Ils ne pensent qu'à coucher et ensuite, ils se barrent.

— Non ! Jacques n'est pas comme ça ! s'exclama Emmanuelle qui continuait à l'aimer comme une dingue et à le défendre comme le ferait le meilleur des avocats.

— Tu as toujours été trop romantique ! Tu sais quoi ? Je t'emmène ce soir en boîte faire une de ces bringues et tu l'auras oublié dès demain matin !

À ces mots, Emmanuelle entra dans une colère qui fit battre son cœur à tout rompre.

— Tu parles pour toi ! Évidemment, toi, tu n'as jamais su retenir personne, s'emporta-t-elle. Tu collectionnes les mecs et tu les jettes comme des kleenex. Tu ne peux pas comprendre…

— Tu n'es pas la seule à avoir aimé dans ta courte vie ! répondit Juliette, vexée. Quand tu seras dans de meilleures dispositions, tu reviendras vers moi ! Je ne suis pas ton punching-ball…

Puis Juliette coupa court à la conversation et raccrocha. Emmanuelle avait toujours été, sans se l'avouer, jalouse de son amie qu'elle trouvait sûre d'elle-même et radieuse. Elle lui avait caché son « Adonis » par peur de le perdre au profit d'une Juliette sensuelle et collectionneuse d'hommes. Aussi, se retrouva-t-elle encore plus seule. Petit à petit, elle reprit ses esprits, se rendit dans la cuisine pour se préparer un thé. Elle n'était pas celle que Juliette croyait, songea-t-elle. En effet, la jeune femme avait souvent eu des coups durs et elle avait su y faire face. Pourtant, malgré ses vingt-huit ans, elle se sentit très vieille. Elle connaissait beaucoup de ses amies qui étaient en couple avec un ou deux enfants. Ce statut de femme mariée, elle l'avait tellement convoité que désormais, elle était prête à tout pour oublier Jacques. Juliette devait avoir raison.

Soudain, la sonnerie de la porte d'entrée retentit, la tirant de ses réflexions. Emmanuelle regarda par le judas, en espérant apercevoir celui qui lui avait fait de belles promesses et sursauta. C'était le propriétaire, monsieur Langlois qui venait certainement la rencontrer pour programmer l'état des lieux de l'appartement qu'elle devait quitter dans un mois. Emmanuelle ouvrit la porte et un homme d'une soixantaine d'années à l'air contrarié entra dans le couloir. Monsieur Langlois avait toujours été un homme exigeant et râleur. À peine eut-il le temps de saluer la jeune femme qu'il s'exclama :

— Bon, mademoiselle Sauvet, je vous préviens, je veux que mon appartement me soit restitué en très bon état si vous voulez récupérer votre caution.

— Justement, monsieur Langlois, répondit timidement Emmanuelle, est-il possible de reprendre la location de l'appartement, de faire un nouveau bail ?

— Il faudrait savoir ce que vous voulez. Tout d'abord, mon fils descend de Paris et veut s'installer. Ensuite, vous avez envoyé votre lettre recommandée pour annoncer votre désir de partir le 15 octobre, non ? Alors, vous n'avez pas le droit de reprendre votre parole !

Emmanuelle insista longuement. Ce fut peine perdue. Où allait-elle habiter à présent ? s'interrogea-t-elle. Avec Jacques, tout semblait si simple : il était prévu qu'ils séjournent ensemble durant une quinzaine de jours chez les parents de son fiancé, avant leur départ pour les États-Unis. La situation virait au cauchemar. Emmanuelle se sentit descendre d'un royaume de fées et de princes charmants où la vie se déroulait comme sur un nuage de guimauve, où tout était facile et confortable. Même si elle avait toujours compté sur ses propres capacités pour exister et pour se faire une bonne situation, la jeune femme réalisa que son amour pour Jacques avait entraîné un véritable tsunami, un fiasco total qui pourrait la détruire, voire l'anéantir.

Emmanuelle se mit à détester son « Adonis » comme elle le nommait. S'il revenait, elle le jetterait dehors, sans ménagement. Elle pensa aussi à son job de vendeuse de prêt-à-porter dans un magasin lyonnais qu'elle devait laisser. Puis son sang ne fit qu'un tour dans ses veines. Emmanuelle se rappela avoir posté la veille, en recommandé, une lettre de démission. À cette pensée, elle blêmit et s'assit sur le sol comme si elle voulait se retrouver à plus de six pieds sous terre. Il fallait qu'elle appelle au secours sa meilleure amie, coûte que coûte. Elle s'excuserait auprès de Juliette qui la comprendrait forcément. La jeune femme se leva, prit son portable et composa fébrilement le numéro. Inévitablement, le répondeur lança son message humoristique sur une musique du groupe Niagara. Juliette devait être fâchée !

Emmanuelle réfléchit longuement et se dit qu'il fallait impérativement que, le lendemain, elle rencontrât le responsable des ressources humaines, avant l'arrivée de cette maudite lettre.

Elle inspira à pleins poumons comme pour se rassurer d'être encore en vie. Elle se demanda bien par quel miracle !

La nuit tomba avec son cortège de pensées sombres et funèbres. Emmanuelle songea à cette enfance compliquée, passée en Bretagne, à Quimper. Mais ses parents étaient si loin, si autoritaires et si étroits d'esprit selon la jeune femme qu'elle ne voulut surtout pas les appeler pour leur avouer son échec. Elle savait tous les reproches qu'ils ne manqueraient pas de lui faire. Sa nuit fut remplie de cauchemars ridicules. Tantôt, elle voyait Jacques se moquant d'elle au côté de sa voisine en vison de fourrure, tantôt, son « Adonis » la repoussait avec un aspirateur à la main branché sur une soufflerie.

Le lendemain, Emmanuelle se leva de bonne heure et se prépara longuement en réfléchissant sur ce qu'elle allait bien pouvoir dire à son D.R.H. afin de ne pas perdre son travail. Cependant, elle savait qu'elle ne devait embaucher qu'à dix heures ce matin-là. Aussi, s'attarda-t-elle longtemps dans la salle de bains, sur la ligne de conduite qu'elle allait tenir.

Elle prit le tram comme d'habitude et un quart d'heure plus tard, elle parvint à son lieu de travail. Quand elle entra dans le magasin, elle comprit, à l'air stupéfait de l'une des vendeuses que son visage devait ne plus ressembler à rien. Elle se hâta de monter l'escalier qui conduisait aux bureaux et souhaita éperdument arriver avant ce recommandé regrettable que découvrirait inévitablement le D.R.H., cet homme si intransigeant.

Quand elle l'aperçut, une pile de dossiers à la main, elle crut qu'elle contenait la précieuse missive et se sentit défaillir. Aussi l'interpella-t-elle sans savoir ce qui l'attendait.

— Bonjour, monsieur Dubreuil, je... j'ai envoyé un recommandé afin de vous donner ma démission. Il s'agit d'une erreur de ma part. Je pensais pouvoir rejoindre mon fiancé aux États-Unis. Mais hélas, j'ai quelques problèmes et je ne peux le faire.

L'homme l'observa, l'air agacé, et finit par annoncer à la jeune femme d'un ton péremptoire :

— Écoutez, mademoiselle, vos ennuis ne m'intéressent pas. Sachez, ajouta l'homme cruel, qu'il va y avoir une réduction de personnel et vous allez sans aucun doute, devoir chercher du travail ailleurs...

À ces mots, Emmanuelle resta abasourdie. Elle allait tout perdre...

La suite fut une succession de catastrophes. Abandonnée par Jacques, par ses amies qui ne pourraient l'accueillir plus d'une semaine, Emmanuelle était désespérée. Elle eut peur de se retrouver à la rue. Aussi, téléphona-t-elle de nouveau à Juliette, espérant que cette dernière lui avait pardonné. Celle-ci lui répondit enfin d'une voix morne. :

— Qu'est-ce que tu as encore ?

Emmanuelle éclata alors en sanglots. Elle lui raconta en hoquetant, sa situation tragique, sa peur panique de tomber dans la précarité ; elle avait tellement pioché dans ses économies pour cet hypothétique voyage. Jacques avait dû réserver les billets, se dit-elle. Elle en avait trop rêvé, et puis, ce déluge de malheurs l'avait brutalement submergée.

Juliette qui paraissait d'ordinaire insensible en avait les larmes aux yeux. Elle se montra particulièrement affectueuse, tenta de prodiguer des conseils à sa meilleure amie, mais elle fut par trop moralisatrice quand il fut question de Jacques. Visiblement, Emmanuelle l'aimait encore, et elle raccrocha.

À partir de cet instant, ce fut Juliette qui voulut se battre pour sortir Emmanuelle de sa galère.

Elle pianota sur le web afin de trouver un studio, un logement modeste, mais dans un bon quartier. Elle consulta les offres d'emploi. Elle se promit de ne jamais laisser tomber son amie inconsolable. Cependant, elle perdit peu à peu la trace d'Emmanuelle et la chercha. En vain.

Juliette dut se rendre au commissariat de police pour signaler sa disparition. Une enquête s'ensuivit. Juliette parla de Jacques et comment celui-ci était parti. On chercha son nom et l'adresse de ses parents, sans les trouver. Dans l'entourage d'Emmanuelle, seule, une vendeuse se souvint d'un homme venant la chercher après son travail. La description de l'individu faite par cette employée fut si nébuleuse que les policiers ne purent en dresser un portrait-robot. Qui était donc ce Jacques Sénégal ?

Lorsque Juliette rencontra le commissaire Mandrin, elle était sidérée en entendant la lecture du rapport de police. Jacques Sénégal n'existait pas... ou c'était un nom d'emprunt. À peine eut-elle le temps de sortir de sa torpeur que le commissaire lui affirma, d'une voix glaciale :

— Savez-vous si Emmanuelle Sauvet était dépressive ou si elle avait consulté un psychiatre ?
— Non ! Manue était une fille très équilibrée, dit-elle, elle aimait la vie.
— Nous avons contacté ses parents à Quimper, lui confia le commissaire, ils sont très inquiets. Mais ils sont tous les deux malades, et donc dans l'incapacité de se déplacer. J'enverrai quelqu'un là-bas aujourd'hui même.

Enfin, il vit la souffrance de Juliette et, saisi de compassion pour la jeune femme, il ajouta :
— Quant à vous, il va falloir vous reposer. Si je peux vous rassurer, dites-vous que généralement, on retrouve la personne en moins d'une semaine. Patientez !

Sur ces mots, le policier fit sortir Juliette qui retourna chez elle. Elle était en congé pour quelques jours. Son métier d'infirmière en pédiatrie ne lui permettrait pas de rester longtemps sans dormir, pensa-t-elle. Aussi décida-t-elle d'attendre l'éventuel retour de son amie le plus calmement possible.

Les jours passèrent ainsi dans l'angoisse. Juliette sursautait quand son portable vibrait. Puis, un matin de novembre, lorsqu'elle alla chercher son courrier, elle trouva une lettre avec un timbre insolite qui provenait des États-Unis. Elle la décacheta, les mains tremblantes ; c'était une *wedding card* de Las Vegas où l'on pouvait admirer une chapelle.

Juliette resta incrédule quand elle put lire à travers les larmes qui embuaient ses yeux :

« Salut, ma Juju ! Aujourd'hui, c'est le plus beau jour de ma vie. Je me suis réconciliée avec Jacques et je viens de l'épouser à Las Vegas. Excuse-moi de t'avoir inquiétée. Tout va bien. Je n'ai jamais été aussi heureuse !

Dans trois jours, nous partirons pour Mossoul. Jacques a de la famille là-bas.

Je t'embrasse très fort. Je t'aime et je ne t'oublierai jamais. »

Et elle signait : « *Emmanuelle SÉNÉGAL* »

LE NOËL DE JULIEN

« Quelle belle nuit étoilée ! dit la mère à l'adolescent qui regardait le ciel par la fenêtre de sa chambre. Tu sais que le jour de Noël n'est pas un jour comme les autres ?

— Non, je ne sais pas, répondit Julien qui tendait son cou gracile pour mieux apercevoir le quartier de lune presque recouvert par la brume.

— Comment t'expliquer, insista la mère, Noël, c'est... Noël, c'est quand tout est nuit et que la lumière apparaît subitement, comme... comme par enchantement.

— Alors, Noël, c'est la lune ! affirma Julien qui savait très bien que sa maman essayait de le faire rêver car elle ne pouvait pas lui offrir le cadeau qu'il avait tellement convoité : un VTC flambant neuf.

Victoria serra contre elle la tête de Julien et se retint d'ajouter une parole. Elle l'embrassa sur le front, l'aida à se hisser pour sortir de son fauteuil roulant ; elle parvint avec difficulté à le coucher et lui souhaita une bonne nuit, comme chaque soir. Puis, avant de refermer la porte de la chambre, elle affirma d'une voix étranglée par l'émotion, mais qui se voulait rassurante :

— Tu verras, Noël existe, et pas que dans la lune et les étoiles. Un jour, tu le connaîtras.

Comme tous les enfants, pensa-t-elle.

Et Julien eut du mal à s'endormir. Il revoyait encore le sapin enguirlandé de la salle à manger et la crèche en dessous. L'enfant de douze ans ne comprenait pas comment un nouveau-né pouvait avoir autant d'importance dans le monde ni pourquoi on chantait sous les voûtes des cathédrales et des églises pour cet inconnu venu il y avait plus de deux mille ans.

Julien n'avait rien d'un candide. Privé de la motricité de ses deux jambes à la suite d'une maudite polio, il était sans illusions. Il leva la tête dans la pénombre et regarda le crucifix accroché devant lui sur le mur, éclairé par un rayon de lune, avec un mélange d'étonnement et de curiosité.

Quelle idée, pensa-t-il de mettre ici « l'arme » d'un crime aussi horrible ! Accroche-t-on le glaive d'un assassin après qu'il ait poignardé sa victime ?

Depuis qu'il était handicapé, Julien avait beaucoup mûri. Quand il répondait à ses professeurs, ceux-ci étaient souvent déconcertés par ses réponses qui dénotaient chez l'adolescent, une sagesse hors norme. Pourtant, malgré son air désabusé, Julien continuait à espérer un miracle, qu'il vienne du Ciel ou de la médecine. Il optait davantage pour la deuxième solution.

Après tout, n'existait-il pas des prothèses extraordinaires aujourd'hui, qui permettaient aux hommes de se déplacer ? songea-t-il avant de s'endormir. Qui sait ? Peut-être qu'un jour, je ferais du vélo comme tous les adolescents de mon âge.

Julien avait toujours admiré les cyclistes du Tour de France. Dès qu'il était en vacances, en juillet, il ne manquait sous aucun prétexte les étapes sur le petit écran et comment les coureurs gravissaient ou descendaient à toute vitesse les cols du Tourmalet, de l'Aubisque et du Soulor, dans les Pyrénées. Il adorait aussi admirer les magnifiques paysages qui défilaient à la télévision et surtout le sprint final sur les Champs-Élysées. Parfois, il rêvassait et s'imaginait à la place de Peter Sagan ou de Christopher Froome. L'un était si combatif et l'autre avait quand même gagné le Tour de France.

Mais Julien savait que la vie en avait décidé autrement pour lui, que son avenir ne serait jamais aussi prometteur. Ses frustrations le rendaient quelquefois très distant, voire inaccessible pour ses parents. L'adolescent n'avait jamais pu établir une relation aussi privilégiée comme il avait voulu avec son père, Michel, celui-ci étant routier.

En cette veille de Noël, Michel devait arriver très tard d'une livraison en Suisse. Immanquablement, il serait très fatigué, mais il apporterait de là-bas un souvenir et une grande boîte de chocolats pour son fils et pour Victoria. Depuis trois ans que Julien était hémiplégique, chaque Noël ressemblait à cela.

L'adolescent se réveilla au milieu de la nuit, en entendant les pas lourds de son père sur le carrelage du salon. Il supposa qu'il avait déposé des présents tout aussi ordinaires que l'année précédente, sous le sapin.

Il soupira et réussit à se rendormir. Son sommeil fut entrecoupé de rêves étranges où il se voyait faire des compétitions de vélo, depuis son fauteuil roulant. Puis il se vit sur la marche la plus haute d'un podium, recevant une médaille d'or plus brillante que le soleil. Aussi, se réveilla-t-il avec un sourire radieux qui ne ressemblait vraiment pas à son air contrit et désenchanté de la veille.

Quand son père et sa mère entrèrent dans sa chambre pour lui souhaiter un très joyeux Noël, ils furent étonnés de le voir si réjoui. Ils l'aidèrent à se lever pour l'installer dans son fauteuil électrique et son père l'invita à aller découvrir ses cadeaux.
— Viens, mon garçon, j'espère que ce que je t'ai apporté de Genève ne te décevra pas !
— Joyeux Noël, mon chéri ! s'exclama Victoria, d'un air complice.
— Vous savez, papa et maman, je devine ce que c'est, c'est une console de jeux, comme d'hab. Mais merci beaucoup à vous deux et joyeux Noël ! Moi aussi, je vous ai acheté quelque chose avec mon argent de poche, mais vous vous en doutez bien, je les ai mis dans le tiroir de mon bureau.

Julien se dirigea vers sa commode et en sortit un joli foulard rouge orangé et un jeu de tarot qu'il n'avait pas eu le temps d'envelopper dans du papier cadeau. Il les leur offrit avec enthousiasme. Ses parents le remercièrent chaleureusement et le précédèrent dans le salon.

— À toi l'honneur d'ouvrir tes paquets ! dit Victoria avec affection.

Julien se rendit au pied du sapin et trouva une énorme caisse de bois et trois présents qui semblaient être deux livres et une boîte de chocolats.

— Commence par les petits cadeaux, lui conseilla sa mère.

— Oui, continua Michel, je t'aiderai à ouvrir la caisse avec un marteau et un tournevis.

Julien arracha le papier de ses premiers présents avec joie. C'était deux romans de science-fiction et la traditionnelle boîte de friandises.

L'adolescent embrassa ses parents pour les remercier et pris de curiosité pour le quatrième objet, il demanda à son père de l'aider à ouvrir la caisse. En quelques minutes qui parurent à Julien une éternité, la caisse fut défoncée. Alors, l'adolescent vit d'un œil intrigué et fasciné, un engin métallique avec trois roues, une sorte de fauteuil, qui ressemblait étrangement à un vélo, mais en pièces détachées et à assembler.

En contemplant cet engin insolite de couleur dorée, Julien sentit son cœur battre. Il était tellement heureux qu'il resta un moment sans voix.

— Tu le désirais ardemment ce vélo, dit Michel. Eh bien, le voici ! Un de mes amis qui a perdu l'usage de ses jambes à la suite d'un accident de la route, possède le même. Il te montrera comment le monter et t'en servir. Si tu veux, je t'aiderai…

— Tu vois, mon petit, dit la mère en pleurant d'émotion, Noël existe aussi pour toi !

Julien ne put contenir ses larmes et embrassa tendrement ses parents.

— À ton avis, dit la mère, ce cadeau vient-il du Ciel ou d'ailleurs ?

Son fils ne sut quoi répondre...

LA REVANCHE DU PÉLICAN

Sarah courut jusqu'au jardin, le traversa à toute allure et se réfugia comme d'habitude sur la souche du lilas en fleurs. À neuf ans, elle s'était créé un monde virtuel, plein de fées, de lutins, de princesses et de formules magiques. Un monde où les adultes avaient si peu de place. C'était une fillette plutôt jolie, sans être une beauté remarquable. Ses cheveux châtains et courts coiffés à la garçonne, son nez aquilin, son visage poupin lui donnaient un aspect des plus inachevés et sa petite taille, une insignifiance à laquelle elle était habituée. À l'école, les élèves la surnommaient « la fouine », et dans sa famille recomposée, Sarah existait autant que l'ombre de son lilas préféré d'où exhalait le parfum entêtant mais subtil de ses fleurs blanches aussi laiteuses que sa peau.

Ce matin-là, Sarah avait du chagrin ; ses deux demi-frères l'avaient blessée. Une fois de plus. Quand Justin et Mathias ne se moquaient pas d'elle, ils la terrorisaient pour la provoquer et lui prouver que son statut de petite sœur ne représentait vraiment pas grand-chose à leurs yeux si bleus, mais si cruels. Le père de Sarah, Jules était un maçon très humble qui s'était séparé, il y avait quatre ans, de sa première épouse, une jeune fille bien volage et qui s'était mise en concubinage avec une femme aussi belle qu'exclusive. Marianne – c'est son prénom – avait divorcé deux fois et considérait ses garçons et les gamins en général comme des paquets gênants. Elle faisait la cuisine dans la cantine de l'école que fréquentaient les trois enfants dont elle avait la charge qu'elle aurait bien laissée à quelqu'un d'autre. En effet, Marianne préférait roucouler avec son nouvel amant au lieu de se consacrer à l'éducation de ses fils et de sa belle-fille.

Sarah s'était faite à sa solitude et s'en accommodait fort bien. Elle prononçait parfois des paroles mystérieuses, presque ésotériques, qui agissaient sur son âme d'enfant meurtrie tel un cataplasme. Sarah rêvassait sous son arbre, à l'abri des regards inquisiteurs, de la malveillance de ses frères, de l'indifférence de ses parents. C'était les vacances et son esprit pouvait errer dans les méandres de sa planète inaccessible et merveilleuse de l'enfance où tout est possible.

Ce jour-là, Sarah était mélancolique. Assise sous son lilas, elle levait les yeux et admirait les branches et les feuilles de l'arbre qui se balançaient sous une brise estivale ; les ombres se disputaient avec les rayons du soleil qui éclairaient son pâle visage. Soudain, elle entendit un appel provenant du jardin séparé du sien par une modeste clôture grillagée ; elle avait pour habitude de la franchir comme si elle s'envolait, les deux bras tendus comme des ailes en piaillant telle une mouette survolant la mer. L'appel que Sarah entendit venait d'une voix enfantine et se montrait de plus en plus insistant.

Sarah se releva et tendit son cou avant de voir, juché sur une branche de cerisier, un garçon d'une dizaine d'années qui l'interpellait :

« S'il te plaît ! Aide-moi à décrocher le cerf-volant !

Sarah partit à sa rencontre en espérant découvrir une de ces machines volantes comme l'on voit dans les livres de Jules Verne. Elle ignorait ce que pouvait bien être un cerf-volant.

Sans doute quelque chose de féérique apporté par un lutin ou un korrigan, songea-t-elle, Grand-père m'a tellement parlé de ces légendes de Bretagne où l'on peut demander ce que l'on veut à ces nains. Pourvu que ce soit un gentil ! Parce qu'il y en a de très méchants.

— Ne le touche pas, lui cria-t-elle, ne le touche surtout pas où tu seras changé en... en porc-épic ou en... dindon.

— Qu'est-ce que tu racontes ? rétorqua le gamin qui n'avait pas la langue dans sa poche. Ce que tu dis, c'est des histoires, ça n'existe pas ! D'ailleurs, le cerf-volant, c'est moi qui l'ai fabriqué !...

— Tu fais des machines volantes ? l'interrompit Sarah. Mais tu es un génie !

— Au lieu de dire des sornettes, aide-moi à détacher des branches ce fichu truc. Je sais que tu n'es qu'une fille, je ne sais pas si tu y arriveras, fit le garçon pour la provoquer en grimpant sur la branche au-dessus et en lui montrant qu'il lui était donc supérieur.

— N'importe quoi ! Je ne suis pas une fille, mais une fée, je vais te montrer de quoi je suis capable !

Et Sarah s'approcha du cerisier et entreprit son escalade. C'était une gamine très agile. À l'école, la seule matière où elle excellait était l'éducation physique et sportive. Aussi, en quelques enjambées parvint-elle en haut de l'arbre à la grande surprise du garçon qui la siffla :

— Pas mal, ma vieille ! Comment t'appelles-tu ?
— Moi, c'est Sarah. Et toi ?
— Yohann, et c'est moi le chef !

Les deux enfants se retrouvèrent ainsi, l'un à côté de l'autre, à tenter de décrocher le fameux cerf-volant aussi bleu que les yeux du jeune garçon. Après plusieurs essais, ils réussirent avec enthousiasme, en poussant des petits cris comme le feraient deux oiseaux libérés d'une cage. Puis Sarah et Yohann se regardèrent d'un œil complice et amusé. Jamais la fillette ne s'était sentie aussi comprise et rassérénée.

Le temps sembla figé aux regards des enfants scrutant l'horizon annonçant une averse et la fraîcheur les enveloppa brusquement. En petit gentleman, Yohann quitta sa veste de jean pour recouvrir les épaules de sa nouvelle amie. Peu à peu, des trombes d'eau s'abattirent sur leur dos, les obligeant à descendre du cerisier à toute vitesse. Ils coururent s'abriter dans le cabanon de jardin des parents de Sarah en riant.

Et ce fut ainsi que chaque jour d'été, les deux enfants se retrouvaient pour jouer ensemble. Parfois, elle était la fée Clochette et il était Peter Pan. À d'autres moments, elle devenait la Belle et le garçon se déguisait en Bête. Leurs jeux leur apportaient une telle complicité qu'aucun adulte n'aurait pu la leur enlever. Yohann racontait son enfance choyée entre une mère institutrice lui racontant des histoires charmantes au moment du coucher et un père avocat qui lui avait fait découvrir des temples aztèques au Mexique. Sarah buvait ses paroles comme on déguste un vin spiritueux. À son tour, elle parlait de sa vie qu'elle présentait comme un roman à l'eau de rose. Elle lui mentait pour ne pas attirer sa pitié, parce qu'elle prenait plaisir à enjoliver son existence et qu'elle lisait, dans les yeux de son ami, une admiration sans bornes, une petite étincelle qui la faisait frémir de bonheur. C'était sûr, elle lui confierait tous ses secrets, ses messages cosmiques et irrationnels.

Peu à peu, la petite fille sentit monter en elle une émotion, un sentiment qu'elle ne connaissait pas. Parfois, cela lui faisait peur et elle ne pouvait croiser les yeux de Yohann. Mais, le plus souvent, Sarah se montrait encore plus joyeuse, plus volubile qu'à l'accoutumée.

Pourtant, un matin du mois d'août, Sarah fut absente au rendez-vous.

Au fond du jardin, Yohann l'appelait et traînait les pieds comme une âme en peine.

Il était habitué à Sarah comme si elle faisait partie intégrante de sa famille. Elle était pour lui une petite sœur qu'il fallait à tout prix ramener au monde réel. Il lui arrivait d'en avoir assez des farfadets et autres divagations. Yohann la surnommait « Alice », comme si elle habitait au pays des merveilles.

Ses parents comprirent très vite que Sarah devait être un peu mythomane et le mirent en garde contre cette fillette.

Ne cherchait-elle pas à l'éloigner de sa famille et de son travail scolaire ? pensait Viviane, la mère de Yohann. Pourtant, Frank, son père, qui était un jeune avocat, trouvait parfois cette situation amusante et romantique. Il citait les vers de Baudelaire dans Moesta et Errabunda, « *Le vert paradis des amours enfantines* » devant Viviane qui haussait les épaules.

Et un beau jour, n'y tenant plus, Yohann alla frapper à la porte de ses voisins, espérant retrouver son amie.

Après quelques coups de sonnette, une femme en peignoir négligé, une cigarette à la bouche, vint lui ouvrir en maugréant :

— Que veux-tu ? lui demanda-t-elle de la voix nonchalante de quelqu'un qui venait de se lever.

— Bonjour, madame, dit poliment Yohann, j'aimerais voir Sarah.

— Pourquoi faire ? l'interrogea la commère en ébouriffant ses cheveux d'un geste las.

— J'aimerais qu'elle vienne jouer avec moi, lança Yohann de façon vindicative.

Marianne dévisagea le garçon sans répondre comme s'il appartenait à cette catégorie de gosses avec lesquels il est impossible de discuter. Quant à Yohann, il était déconcenancé par cette femme qui ne ressemblait en rien à la description que Sarah lui avait faite : une maman jolie, douce et attentionnée.

Elle ressemble à Cruella d'Enfer, des *Cent un dalmatiens*, songea le garçon.

Aussi, fut-il saisi subitement de crainte et tenta-t-il de faire demi-tour. Mais le souvenir de Sarah le retint comme s'il pressentait que quelque chose de tragique allait survenir. Alors, Yohann insista tant et si bien que Marianne le laissa entrer. Dans la salle à manger régnait un désordre indescriptible et une épaisseur de poussière recouvrait les meubles, les rendant ternes et sales.

Enfin, Marianne se décida à appeler la petite fille qui, quelques longues minutes plus tard, se dirigea, en claudiquant vers le garçon. Sarah avait le visage tuméfié d'une enfant ayant subi un mauvais traitement. Elle n'osa lever les yeux vers son jeune hôte, comme si elle portait le poids d'une honte incommensurable. Yohann fut bouleversé puis attendri par la fillette qui lui rappela la Cosette dans *Les Misérables*, que sa mère lui avait lu la veille. Ennuyée par le regard appuyé de Yohann, Marianne affirma avec conviction comme pour se disculper :

– Cette gamine a des jambes comme des quilles et elle est si maladroite qu'elle est tombée dans l'escalier.

Yohann ne répondit pas à la mère car il pressentit qu'elle proférait un mensonge. Il fut tellement bouleversé par Sarah qu'il se promit, au fond de lui-même de la soustraire à cette mégère qu'il sentait irresponsable. Il se mit à haïr la femme et l'observa comme on regarde un de ces extraterrestres à l'allure surprenante. C'est sûr, il ferait tout pour son amie. Mais ne pouvant pas supporter davantage la déchéance et la souffrance de la

fillette qu'il devinait au travers de ses gestes ralentis et de ses grimaces, il s'en alla en tentant de la rassurer par quelques paroles réconfortantes et maladroites :
— Ne t'inquiète pas. Je reviendrai...

Yohann sortit de la maison en courant comme s'il avait été poursuivi, traversa le jardin, franchit la clôture et arriva chez lui, le cœur battant, au bord du malaise.

Occupée à préparer des cours, Viviane ne fit pas attention à la présence de son fils arrivé dans son bureau. Quand elle voulut regarder son horloge, elle remarqua Yohann, trempé de sueur et blêmissant. Affolée, elle le fit asseoir. Puis le jeune garçon reprit son souffle et raconta, avec tous les détails possibles, la scène à laquelle il avait assisté.

Viviane consola son fils du mieux qu'elle put. Il était évident qu'elle n'allait pas laisser perdurer cette situation. Alors, elle téléphona à une assistante sociale qu'elle connaissait bien et qui ne tarda pas à prévenir les services sociaux. On mena une enquête.

Pendant ce temps-là, à l'hôpital où elle passait une dizaine de jours, Sarah se remettait de ses blessures, du moins de celles que l'on pouvait apercevoir en surface. Au fond d'elle-même, c'était un petit animal blessé, craintif, à l'affût d'un geste qui pourrait trahir de l'agressivité de la part du personnel médical à son égard. On lui fit consulter un psychologue qui réussit à lui faire avouer que ses deux demi-frères lui avaient tendu un traquenard un soir, après sa rencontre avec son jeune ami et l'avaient rouée de coups dans le cabanon du jardin. Son père étant absent pendant une quinzaine de jours pour un chantier en Normandie, ce fut Marianne qui découvrit la petite fille presque inerte sur le sol. Elle n'avait pas jugé bon alors d'appeler les Urgences de l'hôpital de Rennes, la ville la plus proche de son domicile et l'avait soignée avec ses propres moyens. Alerté par la police qui interrogea tout l'entourage de la famille, Jules avait pris le train et s'était rendu à l'hôpital. Il était effondré. Jamais il n'aurait pu penser que ses beaux-fils auraient maltraité sa fille. Il avait cru que Sarah appréciait sa nouvelle famille et qu'elle avait même trouvé en Justin et Mathias, des compagnons de jeu.

Quant à Marianne, elle fut arrêtée et accusée de n'avoir pas su protéger la fillette dont elle avait la responsabilité. Justin et Mathias lui furent retirés et pris en charge par un éducateur.

De son côté, Yohann était malheureux. Il n'eut pas le droit de rendre visite à son amie à l'hôpital. Il fut interrogé lui aussi par la police qui lui posa mille questions sur sa relation avec Sarah. Yohann s'était montré très coopérant et devant sa bonne foi, les policiers le laissèrent tranquille. Quant à ses parents, ils ne trouvaient plus les mots pour l'apaiser. Son père, Franck, envisagea un voyage aux Caraïbes afin de lui faire oublier cette épreuve. Mais, Yohann avait beaucoup changé, comme s'il était devenu adulte en moins d'un mois. Quand il pensait à Sarah, il sentait son cœur se serrer comme dans un étau.

Puis un après-midi, Sarah l'appela sous la fenêtre de sa chambre. Il la reconnut à sa voix cristalline. Yohann regarda derrière les rideaux et vit la fillette qui le cherchait. Aussitôt, le garçon descendit les escaliers de sa maison à toute vitesse et la rejoignit dans son jardin.

Sarah s'approcha de lui, l'embrassa sur la joue et lui apprit :

— Je suis venue chercher quelques vêtements chez moi. Après cela, papa va devoir me conduire dans un foyer qui s'appelle « le Pélican » à Rennes.

Yohann se mordit les lèvres. Il ne voulait pas pleurer pour ne pas faire à la fillette davantage de peine, car il la sentait tellement fragile et il savait combien elle allait lui manquer. Aussi, commença-t-il à lui raconter une histoire extraordinaire, comme sa mère au moment du coucher, lorsqu'il était petit :

— Tu sais ce que c'est un pélican ? C'est un oiseau magnifique. Il a de longues plumes blanches comme celles d'un cygne. Dans ton foyer, tu verras, il y en a un énorme et il sera ton meilleur ami. Il volera bien au-dessus de toi et il te protègera. Tu n'auras plus jamais peur !

— Il y a un pélican dans le foyer, un vrai ? demanda Sarah, dubitative.

— Oh ! Tu ne le verras pas, car il sera bien caché, mieux dissimulé que tous les lutins ou les korrigans de la forêt de Brocéliande. Il aura des yeux brillants comme des saphirs et un long bec qui pourra piquer les vilains.

— Il y aura des méchants aussi ?

— Non. Bien sûr que non. Ils seront tous morts, inventa le garçon.

— Et un jour, tu viendras là-bas me chercher ? On se mariera ? demanda Sarah qui s'était mise à nouveau à rêvasser en se dirigeant vers son lilas.

— Oui, affirma-t-il en lui prenant ses petits doigts, un jour, on se mariera. Quand on sera grands !

— Et le pélican ? l'interrogea-t-elle, les yeux pétillants de candeur.

— Eh bien ! Il s'envolera encore plus haut que tous les cerfs-volants du monde et il nous emportera sur ses ailes déployées », lui répondit Yohann, presque convaincu par l'énormité de ses mensonges.

À peine eut-il fini sa phrase que Jules vint chercher la fillette et l'emmena par la main doucement avec lui...

UNE VIE EN SUSPENSION

« François, je sais que tu ne voulais pas faire ça, dit doucement Marie, dans le parloir de la prison de Frênes où son meilleur ami purgeait une peine de dix ans.

— Laisse-moi tomber, veux-tu ? répondit François assis devant elle, le regard sombre et les yeux baissés, regardant la table qui les séparait.

— Jamais, tu entends ! Jamais ! s'exclama Marie indignée.

On percevait de plus en plus autour d'eux un brouhaha de paroles tantôt affectueuses, tantôt de reproches. À côté, une mère demandait à son fils de lui écrire plus souvent. Plus loin, un père donnait une accolade à un ami ou à un frère.

Les murs étaient désespérément gris et de temps à autre, deux gardiens circulaient entre les tables, un revolver à la ceinture. Parfois, ils intimaient l'ordre de parler plus bas.

Marie aurait voulu demeurer plus longtemps, mais pendant les quelques minutes restantes pour cet entretien, elle désirait apporter un peu d'espoir à François. Aussi lui tendit-elle des biographies de personnes ayant réussi leur réinsertion, après de nombreuses années passées en prison. Puis ce fut le moment de partir et Marie embrassa François, en essayant maladroitement de lui donner des mots de réconfort. Le jeune homme tourna les talons et se dirigea vers le gardien qui agita son trousseau de clés, en soupirant. Ce dernier n'était pas le plus dur d'entre eux. Il frôlait la cinquantaine et plaignait sincèrement tous ces hommes incarcérés. Il avait assisté à tant de scènes déchirantes dans toute sa carrière qu'il lui arrivait de douter de la justice des hommes. Il savait que bon nombre de prisonniers n'avait pas eu de chance dans la vie. Après tout, se dit-il, n'y a-t-il pas de mauvais concours de circonstances ?

François regagna sa cellule à regret. Il aurait voulu raconter encore et encore son histoire à Marie comme pour se disculper ou pour qu'elle le dise au monde entier. Son crime était toujours devant lui. Alors, comme dans un film interminable, il revit sa mère, Jeanne, le visage tuméfié et son père, Luc, le regard furieux comme si ses yeux étaient injectés de sang ou plutôt, de haine. Jeanne demandait, suppliait afin que son mari la laissât prendre sa valise et partir chez sa sœur Hélène. Et quand Luc prit le tisonnier près de la cheminée, François arrivait de son cours de boxe. Très vite, il réalisa qu'il était nécessaire d'intervenir pour sauver Jeanne d'une mort certaine. Alors, François se jeta sur son père afin de le désarmer et reçut un coup dans l'épaule gauche. Aussitôt, il riposta violemment et décocha un direct du poing droit, sans aucune sommation. La chute fut fracassante. Le corps

de Luc tomba lourdement sur le sol et sa tête heurta le soubassement de la cheminée. François resta, le tisonnier qu'il avait récupéré dans sa main gauche, les yeux hagards, la vue brouillée. Il ne voulait pas y croire ; il ne vit pas sa mère s'agenouiller et fondre en larmes :
— Luc ! cria-t-elle. Luc ! Lève-toi !

Dans sa cellule, François entendait encore cette supplication qui résonnait à ses oreilles. Désormais, rien ne serait jamais comme avant. Cela faisait deux ans déjà qu'il était en prison. Le passage au tribunal fut son pire cauchemar. Toute sa vie et celle de ses parents furent épluchées, y compris ses fréquentations. À lui, François, qui n'avait jamais fait de mal à une mouche et qui avait toujours respecté les autres. L'avocat avait beau s'égosiller dans le prétoire, le procureur de la République fut impitoyable : c'était un parricide et c'était donc condamnable. Les jurés ne furent pas plus cléments ; la légitime défense fut à peine reconnue. François écopa d'une peine de dix ans d'incarcération.

Pourtant, à la barre, Jeanne avait raconté son calvaire de femme battue et sa sœur Hélène avait témoigné avec ardeur pour sa cadette qu'elle avait toujours protégée de son mieux. Quant à François, il était resté impuissant devant le déferlement de violence de son père que Jeanne avait refusé de quitter, par peur d'éventuelles représailles sans doute. Et puis, François n'habitant plus sous le toit familial, il n'avait jamais voulu abandonner sa mère qui avait trop souvent excusé les accès de fureur de son mari en se culpabilisant. Enfin, derrière la barre, les voisins étaient restés froids et insensibles, n'évoquant que les quelques tapages nocturnes qui les avaient empêchés de dormir sereinement. Ils ne voulaient surtout pas se mêler des affaires des autres ; autrement dit, ils essayaient par tous les moyens de justifier leur indifférence.

L'avocat demanda à François de faire appel, et si ce n'était pas suffisant; de se pourvoir en cassation, mais sans réussir à le convaincre. Le jeune homme s'était replié sur lui-même...

Sans se l'avouer, il comptait sur les visites de Marie. Oui, il l'aimait et avait toujours rêvé de l'épouser. Il voyait, dans les yeux bruns de la jeune fille, que c'était réciproque. Il aurait tellement voulu une remise de peine pour bonne conduite.

Heureusement, son compagnon de cellule était quelqu'un d'acceptable ; il avait dealé de la coke et se montrait plutôt nonchalant. Il n'empêchait pas François d'écrire tranquillement à sa mère qui lui envoyait de nombreux colis de victuailles, et surtout de communiquer avec Marie.

De son côté, la jeune fille avait mis sa vie entre parenthèses. Malgré son travail en tant que coiffeuse, ses pensées étaient ailleurs, auprès de l'homme qu'elle aimait et qui lui manquait cruellement. Comme il avait changé son François ; elle ne le reconnaissait plus. Dire qu'auparavant, c'était la joie incarnée, pensa-t-elle, en s'appliquant à poser des bigoudis à une cliente un peu bavarde qui lui contait des boniments. Désormais, on dirait qu'il a honte d'exister, qu'il se sent un poids pour la société alors qu'il n'y est pour rien dans cette tragédie !

À cette idée, les doigts de Marie tremblèrent tant et si bien qu'elle enfonça le pic d'un bigoudi dans le cuir chevelu de la cliente qui cria :

— Mais faites attention, bon sang ! Où avez-vous la tête, mademoiselle ?

— En tout cas, pas dans la vôtre, répondit Marie au bord des larmes.

Puis elle demanda à son employeur d'aller prendre l'air quelques minutes, car elle ne se sentait pas bien.

Quand elle fut dehors, elle sortit une cigarette et fuma en regardant le cerisier-fleur en face d'elle.

Comme elle est belle la nature au printemps, songea-t-elle, toutes ses couleurs, tous ces effluves qui m'entourent. Comme j'ai de la chance d'être libre ! Un jour, un jour prochain, je partagerai cela avec François, se promit-elle, dans une volute de fumée.

Les jours passèrent. Interminables pour deux amoureux séparés.

Mais enfin, un matin, Marie reçut une lettre de François. Elle la décacheta avec empressement. Elle lut et relut les lignes écrites de la main de François, sans trop y croire. Il allait bénéficier d'une remise de peine et de quelques jours de sortie sous surveillance électronique. Marie en essuya des larmes de joie. Oui, c'était sûr, elle irait le chercher... au bout du monde s'il le fallait.

L'amour ne donne pas des ailes, pensa-t-elle en souriant, il transporte… oui… il transporte… pareil au char de feu du prophète Élie dans la Bible…

Quand elle se présenta à la porte de la prison, François lui ouvrit les bras et Marie se jeta à son cou et le couvrit de baisers. Son amoureux était rasé de près cette fois, son visage émacié semblait retrouver le sourire, peut-être un simple rictus au départ, mais en regardant Marie aussi resplendissante de bonheur, il se mit à rire.

Peu importent toutes ces épreuves, peu importent ces bracelets aux chevilles, rien ni personne n'entraverait l'amour qu'il portait pour sa Marie…

UNE BELLE RENCONTRE

Au bord du lac de Tibériade, une barque avançait tel un vaisseau fantôme dans les vapeurs de brume d'un soir d'automne. Assis à l'intérieur, un jeune garçon de dix-huit ans d'origine libanaise, Adar tentait de se frayer un passage au milieu des roseaux aromatiques et des joncs. Dans cette région d'Israël, il avait particulièrement apprécié les effluves automnaux distillés par les eucalyptus aux longues feuilles retombantes, les orangers aux fruits luisants comme des lunes et les dattiers desquels pendaient des grappes de fruits savoureux. Mais sur ce lac, Adar se sentait libre, comme un adolescent de son âge, loin des préoccupations de ses parents qui connaissaient trop bien l'histoire des frontières.

Adar avait toujours été une forte tête et avait pour habitude de mépriser les dangers. Il avait grandi dans une famille traditionnelle entre un père médecin et une mère au foyer. Après l'obtention de son baccalauréat dans un lycée de Beyrouth, il désirait faire des études d'architecte et pour ce faire, il avait décidé de voyager afin de découvrir les richesses du Proche-Orient. Israël l'avait toujours fasciné et attiré comme un aimant. Ses différents courants religieux l'intriguaient. Ce soir-là, il avait loué une petite barque pour faire une sortie sur ce lac renommé et admirer la réverbération de la végétation dans l'eau gris perle ainsi que ces monuments prestigieux qui faisaient la fierté et la noblesse de cette terre tant convoitée.

De culture musulmane, sans être pratiquant, il savait la complexité de l'Histoire des trois religions monothéistes. Il savait, de source sûre, que chrétiens, juifs et musulmans reconnaissaient être les descendants d'Adam et Ève, qu'ils considéraient Abraham comme leur patriarche et qu'Élie était un prophète avéré et vénéré par les pratiquants des trois religions. Avec ce peu d'informations dont il disposait, il ne comprenait pas qu'il y eût un tel affrontement entre toutes ces populations aux pensées différentes qui prônaient l'existence d'un Dieu unique tantôt lointain, tantôt accessible.
Alors qu'il se perdait dans ses pensées, il arriva près d'un homme qui semblait, de loin, de petite taille. Quant à Adar, il était plutôt grand pour un Libanais. Ses yeux bruns, ses cheveux noirs et son joli sourire faisaient bien des ravages auprès des jeunes filles qu'il regardait souvent avec indifférence, à part peut-être une amie d'enfance, Myriam, aussi belle que sûre d'elle-même.
Arrivé sur la berge, Adar put alors distinguer un autre adolescent, de son âge certainement, qui tendait une

ligne de canne à pêche. Sans préambule, il l'aborda avec un mélange de curiosité et de provocation :

« Qu'espères-tu prendre avec un engin pareil ? Une baleine ?

Le jeune pêcheur leva ses yeux couleur olive vers son interlocuteur, l'air étonné :

— Ignores-tu donc que ce lac est riche en poissons ruisselants ? N'en as-tu jamais entendu parler dans les livres ? Dans la Bible, par exemple. Es-tu ignare à ce point ? fit l'adolescent vexé, en balayant de son front une mèche de cheveux clairs.

— Ah, je vois ! Tu es chrétien. Comment t'appelles-tu ?

— Samuel. Et je ne suis pas chrétien dans le sens où tu l'entends ; la religion, je m'en fous. D'ailleurs, ma mère est d'origine juive et mon père, un orthodoxe. Tu vois, je suis un drôle de mélange et ça me va. Et toi ?

— Moi ? C'est Adar, je suis musulman, et moi aussi, je m'en moque. Alors, bienvenue au club des libres-penseurs.

Les regards de Samuel et d'Adar se croisèrent et l'on pouvait y lire une soudaine complicité propre à la jeunesse. Les deux adolescents auraient voulu se parler pendant des heures, mais au contraire, un silence pénétrant s'installa entre eux comme s'ils se connaissaient depuis des lunes. Ils se sourirent tout en s'asseyant sur un banc providentiel. Ils entamèrent alors une longue conversation au sujet de tout ce qui les opposait et de tout ce qui pouvait les rassembler.

Samuel apprit ainsi l'attentat du fief du Hezbollah à Beyrouth qui avait failli tuer Ali, le frère d'Adar ; celui-ci en avait perdu l'usage de ses yeux. Adar se souvint encore de la détonation, des cris de ces pauvres gens, de femmes essuyant leurs larmes. Ce jour-là, il était revenu avec sa mère de chez un cousin habitant quelques rues plus loin. Elle l'avait alors contraint à détourner la tête afin de ne pas regarder les corps mutilés, ensanglantés ou sans vie. Elle n'avait pas vu que son fils aîné était couché parmi les victimes dans les décombres, le visage entièrement brûlé. Quand elle l'avait appris, elle avait poussé un hurlement désespéré dans sa maison, ce qui avait alerté le quartier pourtant habitué à ce déferlement de violence. Adar ajouta qu'il n'avait jamais oublié ce cri déchirant venant du cœur de sa mère ou plutôt de ses entrailles. Et cela avait été une course folle vers l'hôpital et là-bas, ses parents n'avaient pas pu reconnaître le visage de leur fils à cause des bandages. Puis ils avaient su par les médecins qu'Ali ne recouvrerait jamais la vue, lui qui avait tant rêvé d'être un éminent cardiologue. Enfin, Adar se rappela la découverte de la cécité de son frère, sa souffrance causée par les brûlures heureusement superficielles, son incrédulité face à un évènement aussi improbable, sa révolte contre l'injustice et ses colères dans l'hôpital que le personnel avait du mal à apaiser. Enfin, Ali avait appris à se reconstruire, à apprendre à se débrouiller seul et à lire le braille. Le plus difficile pour les parents d'Adar avait été la décision insolite de leur fils aîné de partir pour la France, chez son oncle, afin d'oublier à la fois son rêve brisé de faire des études de cardiologie et cette tuerie immonde qui avait endeuillé son pays…

Après ce récit tragique, Samuel resta un instant abasourdi, même s'il savait que la terre de ses ancêtres devenait elle aussi une « poudrière » et que le conflit israélo-palestinien durait déjà depuis trop d'années.

Adar envisageait lui aussi de partir pour l'Europe, mais Samuel le lui déconseilla :

— Si tu trouvais du travail là-bas, en étant étranger, tu réaliserais l'exploit d'un cosmonaute atterrissant sur Vénus.

— Mais, je veux simplement poursuivre mes études. Je voudrais être architecte.

— Tu aurais toujours la barrière de la langue et je ne te parle pas des préjugés raciaux et religieux. Tu vois ce qui se passe ici. Eh bien, là-bas, cela commence, lui répondit Samuel désolé de le décevoir.

Comme ils parlaient, ils ne se rendirent pas compte que le temps avait passé et que la nuit arrivait à grands pas. Le lac était constellé de lueurs provenant des réverbères et des bateaux alentour. On pouvait à peine distinguer les plages, les monuments et l'endroit était devenu désert. Plus aucun promeneur ne marchait sur la rive du lac où les deux adolescents étaient en train de flâner.

— Viens donc dîner à la maison ! l'invita Samuel. Mon père a l'air sévère, mais en réalité, il est cool. Quant à ma mère, je peux la « mettre dans ma poche ».

Adar, n'ayant pas encore prévu l'endroit où il allait dîner et dormir, acquiesça et laissa sa barque, en sachant que son propriétaire viendrait la chercher à cet endroit prévu auparavant. Quant à Samuel, il se dépêcha de ranger son matériel de pêche.

Tant pis si je rentre bredouille, pensa-t-il.

Samuel emmena Adar jusqu'à son scooter. Puis il lui proposa de le conduire à Safed, au nord du lac de Tibériade, en Haute Galilée.

Et Adar arriva à la maison de Samuel, non sans une certaine appréhension. Il avait déjà eu tant de mal à entrer en Israël, étant donné ses origines. Son sac à dos avait été soigneusement fouillé et l'accueil avait été très froid à l'aéroport. Mais ni ses parents ni ses amis n'étaient parvenus, avant son départ, à le dissuader de vivre cette aventure.

La maison où habitait la famille de Samuel était des plus ordinaires : une maisonnette aux volets bleus, aux murs de pierres sur lesquels grimpaient des vignes. Elle était située dans une ruelle escarpée, derrière un hôtel qui surplombait la cime blanche du mont Herman que l'on pouvait distinguer encore, malgré la nuit.

Quand ils pénétrèrent à l'intérieur, Adar fut frappé par la modernité du salon et de la salle à manger attenante qui contrastaient avec l'extérieur de la maison.

Samuel présenta son nouvel ami à sa mère, Tamar qui l'accueillit avec le sourire. C'était une petite femme blonde aux traits délicats, une parfaite maîtresse de maison effacée qui possédait un vrai sens de l'hospitalité. Elle invita Adar à s'asseoir sur le sofa, lui offrit un jus d'orange fraîchement pressé et ne lui posa aucune question. Elle considérait les amis de Samuel comme de vieux habitués de sa maison. Puis elle partit à la cuisine afin de finir la préparation du repas. Peu après, un homme de haute stature apparut dans l'embrasure de la porte du salon ; il portait une longue barbe brune et ses yeux noir persan observèrent le visage d'Adar. Il s'adressa alors à son hôte qui s'empressa de se lever :

— Bonjour, mon garçon, dit-il en fronçant les sourcils, comment t'appelles-tu ?

— Adar, répondit l'adolescent sûr de lui avant d'ajouter de manière provocante qu'il était Libanais.

Le père de Samuel se nommait Chafat et enseignait dans un lycée voisin le grec qui était sa langue maternelle. C'était un homme sage et foncièrement bon. Même s'il se donnait un air distant, il avait toujours été proche des gens et de leurs souffrances. Aussi invita-t-il Adar à rester dîner et s'enquit-il de savoir où celui-ci allait passer la nuit. Devant son mutisme, Chafat lui proposa l'hospitalité qu'Adar accepta ; le jeune homme avait pensé chercher un hôtel dans les environs avant de s'apercevoir que c'était trop tard pour le faire.

Après une prière qui sembla aux adolescents interminable, le repas se déroula au mieux. Samuel était ravi du débat qui s'ensuivit au sujet d'Israël et Adar posa mille questions sur l'architecture des églises, du mur des Lamentations, des différentes cultures auxquelles Chafat s'empressa de répondre. Adar était frappé par l'ampleur des connaissances de ce professeur qui accepta de lui montrer le lendemain, la promenade des remparts et ses sublimes panoramas sur Jérusalem.

Puis Tamar se leva pour signifier aux deux adolescents qu'il était temps pour eux de se retirer dans leur chambre respective. Samuel et Adar allèrent se coucher et s'endormirent profondément.

Au matin, Samuel s'empressa de retrouver, dans la chambre d'amis, Adar qui tenait dans ses mains, une Bible qu'il avait trouvée sur le bureau, en train de lire ce passage du livre d'Isaïe : « *Car le violent ne sera plus, le moqueur aura fini. Et tous ceux qui veillaient pour l'iniquité seront exterminés. Ceux qui condamnaient les autres en justice. Tendaient des pièges à qui défendait sa cause à la porte. Et violaient par la fraude, les droits de l'innocent.* »

— Ah ! Si tous les hommes prenaient garde à ces paroles, dans le monde, on n'en serait pas où nous en sommes ! s'exclama le jeune Libanais, complètement désabusé.

— Tu sais, depuis la Genèse, les hommes n'arrêtent pas de s'affronter. Lis l'histoire de Caïn et Abel, répondit Samuel qui avait toujours écouté les discours de son père et qui en était inconsciemment imprégné.

— Tu crois qu'ils ont vraiment existé ? Toute cette histoire est tellement nébuleuse, fit Adar, perplexe.

Les adolescents se préparèrent en hâte, pressés de voyager ensemble. Ils emportèrent avec eux leur repas froid préparé par Tamar. Dehors, Shafat les attendait avec le sourire :

— Regarde mon ami, s'extasia-t-il devant la beauté du paysage qui s'offrait à leurs yeux. Vois ces montagnes si grandioses ! Respire cet air si pur ! Comment ne pas glorifier le Seigneur pour tout ce qu'il nous donne ?

Adar resta silencieux. Il admirait cet homme si érudit et si sympathique, même s'il ne partageait pas ses convictions religieuses. Il croyait davantage à la théorie du Big Bang, mais sans comprendre qui avait bien pu « craquer l'allumette » permettant le départ de la Création de l'Univers.

Shafat, Samuel et Adar partirent en voiture en direction de Jérusalem. La route était sinueuse et le ciel s'était dégagé de sa grisaille. La journée s'annonçait sous ses meilleurs auspices. Mais, comme ils avançaient, ils furent bloqués un quart d'heure après, par un attroupement de civils et de militaires. Shafat baissa sa vitre. Un nuage de poussière entra à l'intérieur de la voiture, ainsi qu'une odeur de brûlé. Les trois hommes entendirent des cris de douleur, des hurlements de femmes mêlés à un brouhaha indescriptible. Shafat et Samuel voulurent descendre de leur voiture afin de venir en aide aux blessés éventuels. Mais ils furent refoulés par des policiers et durent réintégrer leur véhicule. Adar était resté assis sur la banquette arrière et sentit sa gorge se nouer. Les souvenirs revinrent à sa mémoire.
Ici, c'est donc comme à Beyrouth, pensa-t-il, tandis que ses tempes bourdonnaient. Moi qui croyais fouler une terre accueillante.

Puis Adar commença à suffoquer, à transpirer, ce qui inquiéta fortement son ami, Samuel.

– Qu'est-ce qui t'arrive ? Tu te sens mal ?

Le jeune Libanais n'entendit pas la fin de la question, car il s'évanouit...

Quand il revint à lui, Adar était dans une chambre d'hôpital. Shafat et Samuel étaient à son chevet, l'air très inquiet.

— Pourquoi suis-je ici ? demanda le jeune homme alité en essayant de relever la tête.
— Tu nous as fait une de ces peurs, répondit Samuel, j'ai vraiment cru que tu faisais une attaque. Tu sais… nous aussi, nous savons malheureusement ce que sont les attentats en Israël. Il est encore loin le règne de la justice et de la paix !

À ces mots, Adar éclata en sanglots. Il revit la détresse de ses parents, le visage méconnaissable d'Ali quand on lui avait retiré ses bandages, les cris de douleur de son frère quand il apprit qu'il ne verrait plus. Adar eut soudainement envie de s'enfuir. Lui qui se croyait si téméraire était comme un enfant attendant sa mère à la sortie de l'école maternelle.

La suite fut difficile à vivre pour Adar et pour Samuel qui se considéraient comme des frères. Shafat savait que son jeune invité allait devoir retourner chez lui pour retrouver sa famille. Il comprit que le jeune Libanais souffrait d'un traumatisme qui avait été ravivé par l'explosion d'une voiture piégée sur la route qui les conduisait à Jérusalem.

Quand Adar eût retrouvé ses forces, il songea un instant à aller visiter la mosquée Al-Aqsa dont son père lui avait tellement parlé. Puis il se ravisa. Il allait devoir quitter ce pays qu'il ne comprenait plus, qu'il jugeait hostile.

Trois jours après l'attentat, Shafat conduisit le jeune homme à l'aéroport d'Haïfa avec Samuel qui commençait à pleurer sur la banquette arrière de la voiture. Le soleil dardait ses rayons derrière le Mont Carmel, éclairant le mausolée de Bâb. Shafat consola son fils du mieux qu'il put et, se tournant vers Adar :

— Tu sais, mon garçon, je t'enverrai un mail pour répondre à tes questions, si tu le veux bien. Et un jour, nous nous reverrons.

Adar hocha de la tête et sortit de la voiture, le cœur gros. Il embrassa ses amis et fit une accolade à Samuel qui l'accompagnait dans l'aéroport.

Comme il allait montrer son sac pour la fouille habituelle, celui-ci lui demanda :

— Que vas-tu faire maintenant ?

— Dès que je pourrai, je rejoindrai Ali en France. Ne t'inquiète pas pour moi, je saurai me débrouiller.

— Reviendras-tu ? lui demanda timidement Samuel, des sanglots dans la voix.

— Oui... *Dès que l'Innocent se lèvera...* »

Table des matières

Préface 7
La cavale du Petit Prince 9
L'homme des montagnes 21
Les déboires de Sophie 29
L'enfant des nuages 37
Suspicion 47
Abandon 53
Le Noël de Julien 63
La revanche du pélican 69
Une vie en suspension 81
Une belle rencontre 87

DÉPÔT LÉGAL
Mars 2017

Imprimé par Books on Demand GmbH, Norderstedt, Allemagne